家裡蹲
吸
姬的
鬱
小林湖底
illust：りいちゅ

# 【0 序章】

Hikikomari the Vampire Countess no Monmon

鮮血飛濺。怒吼飛騰。還有魔法射來射去。
除了那些，再加上頭顱也在飛翔。
在一大片遼闊草原的正中央，正展開一場看了令人毛骨悚然的戰爭。
東軍是全由獸人組成的頑強戰士。拉貝利克王國軍。
西軍是成員清一色為吸血鬼的少數精銳。姆爾納特帝國軍。
「唔，這些傢伙是怎麼一回事──他們是怪物不成！」
然而雙方早就形同分出勝負了。
獸人他們的士氣明顯變弱。理由一看就知道了。因為那堆積如山的屍體，幾乎都是穿著拉貝利克王國的軍服。
「《火焰啊火焰，將震顫的森林燃燒殆盡吧。》」
「可惡，又是魔法啊！看我在發動前把他們全都宰了咕啊啊啊啊啊啊!?」

「東尼？喂，東尼！你振作一點！」

原本拿著劍猛衝的熊男瞬間化為灰燼。剩下的獸人們為那有著天壤之別的戰力差距，大張著嘴都說不出話來了。看樣子身為軍人的尊嚴還在，誰都沒有人把手中的武器丟下，然而每當吸血鬼們滔滔不絕地詠唱著撼動大氣的咒文，有些人就會吞口水，有些人會怕到渾身緊繃。

「搞屁！開什麼玩笑，我要先溜了！」

「《冰啊冰，將敵人的心臟凍結吧。》」

虎男正準備臨陣脫逃，一根冰做成的箭矢貫穿他的後腦勺。一看到夥伴的屍體重重倒向地面，那些剽悍的獸人也免不了發出像動物般的悲鳴。整支軍隊已經有如一盤散沙。鹿男丟下武器，貓男對天磕頭、拜了又拜，獅子男發出慘叫，開始拔自己的鬃毛。

即便如此，吸血鬼也沒有手下留情。

用魔法射穿四處逃竄的獸人，將他們碾爛、燒掉、炸死——彷彿這麼做是人生中至高無上的樂趣，一直殺個不停。

「嘎啊啊啊啊啊啊！」

「快住手啊，我還不想死！」

「唔哇啊啊啊啊啊連尾巴都燒起來啦————！」

「《火焰啊火焰……》」

一路過關斬將勢如破竹。

東軍的大將軍（猩猩男）肯定也很想回去。就算有魔核，死了還能復活，被砍頭還是會感受到相應的痛楚。

對，他討厭疼痛。

沒有人會喜歡。

「──小人前來傳令！敵人已潰不成軍！目前貝里烏斯中尉、梅拉康契大尉正朝著敵人的大本營挺進。我等可瑪莉小隊的勝利已昭若明火！」

當那清晰宏亮的聲音在主帥營帳中響起，原本還皺眉佇立的吸血鬼們紛紛發出歡呼，說著「噢噢」或是「很好」等等。

在草原西側，一個小山丘上。

那裡有著姆爾納特帝國軍的大本營。

「總算搞定了啊！」

「哼，獸人他們就是太單純了。」

「看到了嗎！這就是可瑪莉小隊的實力！」

吸血鬼他們擬定的作戰計畫如下。

首先讓勇猛到以一擋千的貝里烏斯中尉從正面突擊敵營。被人殺個措手不及而出面迎戰的獸人會受到他們牽制，再由擅長偷襲的梅拉康契大尉從後方接近敵人大本營，突破變得薄弱的防禦網，殺掉敵軍的主將——就只有這樣而已。

實在是簡單得不得了，但是獸人就是會中招。

「等到我們回去要開慶功宴。」

「嘿嘿嘿，來拿獸人的血酒乾杯吧。」

吸血鬼們對他們即將取勝深信不疑，彼此勾肩搭背，附帶下流笑聲。

然而在這之中，卻有一名男子擺著嚴肅到不行的臭臉。

「——現在高興還太早。我們還沒有完全獲得勝利。」

現場頓時安靜下來。

身上穿著很有威嚴的軍服，一身如同枯木般的瘦長身軀。

他是自詡為帝國軍第七部隊可瑪莉小隊參謀的怪物——卡歐斯戴勒・康特。

「戰爭永遠都是在互相判讀彼此背後的企圖。眼下也不曉得對手還隱藏怎樣的王牌，這樣就興高采烈，簡直是三流貨色所為。要知道這是種恥辱。」

卡歐斯戴勒這一席話彷彿對現場的熱烈氛圍潑了一盆冷水，同時那也是正確到不能再正確的論調。讓吸血鬼們聽完馬上閉嘴。

「貝里烏斯和梅拉康契雖然都是身經百戰的猛將，但凡事都有萬一。布局這種事從來不嫌多。畢竟本戰是我們此行的第一戰。絕對不能戰敗——是這麼說的吧？黛拉可瑪莉閣下。」

在場所有人的目光都集中在某個點上。

那裡是卡歐斯戴勒的左下方。

在一個妝點得特別金光四射的椅子上，有一名少女就坐在那。

「……咦？怎、怎麼了？」

彷彿大夢初醒一般，少女抬起臉龐。

看樣子她總算發現自己成了注目焦點。

在一旁待命的女僕趕緊將嘴湊到少女耳邊。

「可瑪莉大小姐。是這樣的……」

「咦？……原、原來是那樣。」

此時少女「咳！」了一聲清清喉嚨。

「——你們幾個，都給我仔細聽好了！就如同卡歐斯戴勒所說，今日是我們頭一次上陣！如果輸掉會很不甘心的。大家要拿出吃奶的力氣拚命啊！」

「「「「…………………」」」」

一陣高亢清脆的聲音，在充滿肅殺氣息的草原上迴盪。

就在這一瞬間，所有的吸血鬼們都看到入迷了。

啊啊——好美。

那宛若吸收了月光的金髮，堪比死者的白皙肌膚，還有像是被刻意形塑出來的端正五官。最重要的是，還擁有姆爾納特帝國古老吸血鬼的象徵，那鮮紅的雙眼——她簡直就是吸血鬼中的吸血鬼。

這就是黛拉可瑪莉·崗德森布萊德大將軍。

「……那——各位你們怎麼都不說話？你們會好好努力對吧？」

聽對方說出不安似的一番話，大夥兒這才突然回神，紛紛恢復正常。

敬愛的大將軍用言語激勵他們，他們竟敢遲遲沒有反應，就算全裸切腹還一邊跳盂蘭盆舞也不足以謝罪。

於是他們立刻發出足以搖撼大地的轟天巨聲。

「「「「是！我們會努力！」」」」

儘管黛拉可瑪莉大將軍的肩膀瑟縮了一下，她還是不打算對部下們的詭異言行出聲斥責，而是在椅子上畏畏縮縮地調整姿勢重新坐好。

這時卡歐斯戴勒在這位大將軍跟前屈起單膝跪地。

「閣下，屬下有個不情之請。」

「是、是什麼，你說說看。」

「假如貝里烏斯跟梅拉康契失手，可否由黛拉可瑪莉閣下親自出征，取下敵方主將的性命？」

時間就在那一刻靜止。

「……啊？為什麼？」

「剛才屬下曾說道，戰爭瞬息萬變。即便是楚楚可憐又強大又才華洋溢的下一任皇帝最有力候選人兼超強新人黛拉可瑪莉．崗德森布萊德大將軍閣下，倘若時運不濟，也有機會敗給未開化的猩猩——但是！假如閣下初次上陣就將自身實力充分彰顯，屬下敢說黛拉可瑪莉．崗德森布萊德之名將會轟動全世界！」

此時四面八方皆有人發出「噢噢噢噢」的興奮呼喊。

「不、那個——其實我……」

「再者，說實話，其實屬下也想見識一番。見識見識黛拉可瑪莉．崗德森布萊德的實力。年僅十五歲就登上堪稱武官頂點的七紅天大將軍寶座，如此出類拔萃的少女，那股力量，屬下想要牢牢烙印在眼底！」

我也想看看！還有我還有我！——就像這個樣子，一道道充滿光芒的目光都集中在大將軍身上。然而當事人黛拉可瑪莉大將軍不知為何光顧著說「這——那個——」，整個人變得扭扭捏捏。卜歐斯戴勒則這麼鼓舞她。

「沒什麼好難為情的，不過是個卑微的獸人王國，就將這個國家毀掉吧！只要妳行動起來，將能夠對全世界宣揚姆爾納特帝國的國威！後世的史學家們想必會如此傳誦——從這一刻開始，從這一天開始，世界史將迎來嶄新的年代。」

「「「「唔喔喔喔喔喔喔喔喔喔喔————！」」」」

被卡歐斯戴勒那像是在演講般的一席話感化，吸血鬼們紛紛發出雄壯的咆哮。現場自然而然颳起一陣拍手旋風，還有人在吹口哨。最後甚至開始齊聲來個謎樣的大合唱，呼喊著「可瑪莉！可瑪莉！可瑪莉！」。

處在這陣狂熱風波的中心點上，黛拉可瑪莉・崗德森布萊德大將軍她——

「——我、我知道了。」

拍手和歡呼聲戛然而止。

所有人都全心全意地聆聽接下來要說的話。

只見大將軍閣下先是慢慢地深呼吸，接著才將自己的部下們陸陸續續掃視一遍，最終像是下定決心般，嘴裡如此說道。

「——若你們這麼期待，那好吧，我就來努力試試。可是要我出馬，前提是貝里烏斯跟梅拉康契失手喔。萬一那兩個人搞砸了，只有在這個時候，我才會使出全力把敵人幹掉。什麼嘛，你們大家用不著擔憂。因為我是最強的！不管遇到怎樣的敵人，只要三秒就可以把他扁成豬頭！」

© riichu

「三秒……是嗎？」

「唔，不對我搞錯了！是一秒鐘、一秒！不管是哪個傢伙，都只要一秒就可以把他們全部殺光光！」

片刻後。

銳不可當的拍手喝采聲籠罩全場。

——唔喔喔喔喔喔喔喔喔喔喔喔喔喔喔喔喔喔喔喔——！

——可瑪莉！可瑪莉！可瑪莉！可瑪莉！可瑪莉！

「啊哈、啊哈哈、啊哈哈哈哈哈……………………………為什麼變成這樣。」

黛拉可瑪莉．崗德森布萊德的憂鬱日常，就此揭開序幕。

吸

[ 1 ]

# 家裡蹲吸血姬要外出了

[ Hikikomari the Vampire Countess no Monmon ]

我常常覺得這個世界很不公平。

大約十五年前，我出生在姆爾納特帝國境內有名的貴族世家。

崗德森布萊德家。

先說一下，唸起來要捲舌的音也太多了。崗、德、布、德。從這就能明顯看出這家族很不像樣，而且實際上也真的不像樣，簡直到了無可救藥的地步。

崗德森布萊德這個家族，從千年前開始就是自古世襲將軍職位的名門。回溯這個家族的族譜，會發現有一堆足以刊載在歷史教科書上的偉人名字，就連我的媽媽一直到五年前，都還是七紅天大將軍。

就這樣，一切的不公不義都從這裡展開。

這點用不著多說了，我是愛好和平的正義吸血鬼。可不是像祖先那種狂戰士。可是那幫親戚卻對我施加壓力。一下子說「可瑪莉將來會成為偉大的將軍吧」，一下子又說「妳會去虐殺其他國家的蠢蛋對吧」，不然就是「將來她會成為名留青史的殺戮霸主」——未免也太扯了吧。

一開始我為了回應大家的期望，還是有在努力，但馬上遭遇挫折。

因為我欠缺所有的才能。

第一，我沒辦法用魔法。

第二，運動神經不行。

第三，身高不夠高。

我會背負這三重苦楚，原因很清楚。

就是我沒辦法喝血。

就算在我們崗德森布萊德家的餐桌上放了不知來自什麼人的生血，我也不懂會去喝那種東西的人是什麼想法。問我是哪邊不能接受，就是氣味和外觀乃至於全部都無法接受。

為什麼非得愛喝那種液體？

為什麼大家都能帶著平常心大口大口喝？

我妹妹蘿蘿可還說「竟然沒辦法喝血，這段人生等同白過了吧（嘲笑）。」

吵死了。別管我啦。我只要有番茄汁就滿足了。

可是從客觀的角度來看，我是異類，這也是事實。

而這些異於常人的特性，強行扭曲了我的人生，讓它往錯誤的方向發展。

沒辦法喝血等於無法成長。

對吸血鬼而言，鮮血是重要的營養來源，少了這樣東西，身體在成長上就會出現各種障礙。我沒辦法使用魔法，還有運動神經太差，甚至身高被妹妹超越，這些全都是血液攝取不足的緣故。

在這些事情的牽引下，我的人生中充滿痛苦回憶。

在學校裡頭，每天都有人在我背後說壞話，情況嚴重的時候，還會毫無理由對我行使暴力。說穿了就是被霸凌。可是那些笨蛋親戚又一直對我投以期待的目光，害我難以招架。我沒有堅強到能夠承受得了這些。

於是我決定躲在家裡。

那是三年前的事情了。

在吸血鬼的社會裡，力量就是一切，沒辦法吸血，沒辦法用魔法，還附帶運動神經很差，這樣的家裡蹲根本沒有發揮餘地。還是把自己關在既安全又可以放心，屬於自己的房間裡，寫寫小說什麼的，這樣比較適合我。原本這樣應該更適合我才對——

☆

時間來到早上。我體內的生理時鐘跟我報時。

可是我沒有起床。打死不起來。整個人用棉被裹住，眼睛閉得緊緊的，用力抱住爸爸買給我的海豚抱枕，誰管什麼春眠不覺曉，就連黃昏都準備直接跳過，我要不動如山。

畢竟我可是高級遊民，不用受到凡塵俗世的紛擾束縛。

這樣繼續睡回籠覺，豈不是很瀟灑——剛想到這邊，突然就有怪事發生。

肚子那邊好癢。不管怎麼搔還是很癢。

因為實在太癢了，我這才睜開眼睛。

可能是在睡覺的時候被蟲咬了。我睡眼惺忪地撐起上半身，也沒多想，直接就將睡衣掀開。

「……啊？」

接著我整個人定住。

因為肚臍上方浮現出不明所以的花紋。

那奇怪的花紋看起來就像是蝙蝠翅膀和出現波紋的血液。這好像在哪裡看

© riic

過——對了，我想起來了。這是姆爾納特帝國的國徽。有畫在宮廷旗幟上頭。

用手刮也刮不掉。我是不是在作夢啊。

「——黛拉可瑪莉大小姐，早安。」

這時旁邊突然有人出聲，害我嚇到心臟都快跳出來了。

看了看才發現有一位沒見過的女孩子佇立在房間一角。冷酷的目光加上凜然的站姿，令人印象深刻，那個女孩子打扮上很像女僕。

這樣的女孩，是在我們家工作的？

我的警戒心提升到最高點，同時盯著對方看。

「妳、妳是誰呀。為什麼會在我房間裡！」

只見那名女僕的眉毛動了一下。

「剛才沒有先做自我介紹。我的名字是薇兒海絲。隸屬於姆爾納特帝國軍，階級是準三級特別中尉，從今天開始擔任黛拉可瑪莉大小姐的專屬女僕。」

這什麼意思我不懂。那個女僕在我房間內左右觀望一陣子後，接著如此說道。

「話說——恕我失禮，這個房間有點亂呢。」

真的很沒禮貌。

「……妳的目的是什麼？要錢嗎？」

「請您不用那麼害怕。我是來幫助黛拉可瑪莉大小姐的。」

要人怎麼相信。她搞不好是小偷，也有可能是準備誘拐我的變態。這種時候最好的辦法還是去找爸爸商量吧。可是在那之前，我想先去上廁所。真的很想去上，但是又不能不盯著這傢伙。怎麼辦。快尿出來了。

「……喂，妳叫做薇兒海絲是吧。先在這裡等一下。」

「我沒有那種閒工夫。請您現在立刻跟我一起出發前往宮廷。」

宮廷。滿滿的不祥預感。

我將與生俱來的危機感應能力發揮得淋漓盡致，動作就像一隻姿態柔軟的貓，打算逃離現場。可是卻突然被那個女僕抓住手，害我跌跌撞撞多踩了好幾步。

「放手！我想要去尿尿！」

「現在不是尿尿的時候。請您聽我解釋。」

「我會尿出來喔!?尿褲子也沒關係嗎!?」

「請您邊尿褲子邊聽。」

「那樣根本是變態吧！」

「沒有人在看，不要緊的。」

「可是妳全都看到了！」

這傢伙是怎樣。看樣子根本就是企圖誘拐我的大變態。這也不無可能。畢竟我可是一億年來難得一見的美少女（爸爸每天都在我耳邊嘮叨這話，講到耳朵都快長繭了，肯定是真的。）。

「沒時間了。請您安分一點。」

「不要！我看妳只想把我抓走吧，因為我是驚天動地的美少女！」

「這種話輪得到自己說嗎？」

就像這個樣子，我們展開一進一退的攻防戰。

「——妳快放手，薇兒。」

這時從走廊傳來一道低沉的聲音。心想這下得救的我轉頭看向那邊，剛好那名身上披著黑色斗篷的長身吸血鬼正在此時進入我房間。這就對了，快多說她幾句，爸爸！這傢伙可是想要誘拐我的變態女僕！——當我正在心中大喊這些話，那個變態女僕卻毫不猶豫地放開我的手。

「噗呸。」

那動作來得太突然，害我臉部著地。好痛。快哭出來了。眼前都是淚水。

變態女僕完全無視我，只顧著跟父親低頭敬禮。

「不好意思，崗德森布萊德卿。因為黛拉可瑪莉大小姐強力抵抗，我才想強行將她帶走。」

妳的目的果然是要誘拐我嘛。

「請別對我女兒太過分。那孩子可是自認加公認的家裡蹲。」

「說得也是。她是家裡蹲呢。」

不要接連這樣叫人啦。會刺傷我的心耶。我要先聲明一下，我可是想要出去，隨時都能出去的家裡蹲。只是現在覺得沒那個必要才不出門，若是我認真起來，連要靠搭便車環遊世界一周，這種旅行都形同小菜一碟。

「喔喔，可瑪莉！妳沒受傷吧？」

帶著遺憾之意的我從地上爬起來，結果爸爸他誇張地張開雙手靠過來。而且還毫無顧忌地在我身上東摸西摸。如果我們不是父女，他早就被當成強制猥褻現行犯逮捕了吧。

「嗯，看起來沒事，但還是讓醫生看一下好了？如果一億年才出現一次的美少女出什麼意外，那可就糟了。」

「我、我沒事啦。」

「黛拉可瑪莉大小姐，您真的沒事嗎？肚子那邊沒有怪怪的嗎？」

我的事情用不著妳擔心好嗎——帶著反抗心態的我突然想起一件事情。

對喔。肚子那邊有出現花紋，就是那個花紋周邊會癢。

唰唰。

「——哎呀這不行。再這樣抓下去，不就可惜了那宛如絲絹一般的肌膚。」

「別擅自掀人家的衣服，變態女僕！」

我先是把她的手拍掉，接著就動作飛快地後退三步。那傢伙臉上面無表情，像是覆蓋一層冰霜，一直看著我。好恐怖。我覺得自己有生命危險。

「爸爸！這傢伙是怎樣！」

「她是從今天開始要當可瑪莉專屬女僕的薇兒。不管可瑪莉妳說什麼都會照辦，妳可以盡情使喚她。」

說什麼都會照辦？剛才我叫她放手，可是她完全沒有放手的意思耶？

「我才不需要女僕。更別說是這麼恐怖的女僕……」

「說這個也沒用，這件事情是皇帝陛下決定的。可瑪莉妳要忍耐。」

「皇帝？這是怎麼一回事？」

「就讓我來為您說明吧。」

只見變態女僕上前一步。

「黛拉可瑪莉大小姐，您有聽過七紅天嗎？」

「怎麼突然說這個……好啦我是有聽過。」

七紅天。那些吸血鬼全權負責整個國家的軍事活動，簡單講就是帝國軍裡頭最強大的七名猛將。那又怎樣？

「黛拉可瑪莉大小姐將要成為其中的一員。」

「啊？」

「恭喜您。年僅十五歲就成為七紅天實屬特例。」

「不對先暫停一下……為什麼會這樣？」

「那是因為，爸爸有稍微努力周旋了一下。」

爸爸他說這話的時候，一臉噁心爽樣。

「可瑪莉，以前妳曾經說過想要去外面工作吧？」

我的心臟突然一跳。

「……有、有嗎？」

「爸爸都記得清清楚楚喔。事情就發生在去年的聖誕派對上。當時蘿蘿有問可瑪莉妳『是不是該工作了？』，妳是這樣回答的——」

——要我工作喔。我也明白勞動的重要性啦，不過呢，我可是世上難得一見的賢者。很少有工作適合我做。雖然是這樣，硬要我舉個例子的話，大概還是能當姆爾納特帝國的皇帝吧？如果能夠當皇帝，要我去工作也行啦。

當下一股熱度在我臉上竄升。

聽爸爸這麼一說，我再也不能百分之百確定自己沒說過那種話。

「哎呀，爸爸好感動。那個消極自閉的可瑪莉，整整關在房間裡三年的可瑪莉，居然主動說想要去工作。」

我該怎麼挽回。老實招了，我根本一點去工作的意願都沒有。在聖誕節派對上會不經大腦說出「如果是皇帝要我當也行」這類的話，完全都是靠喝醉酒壯膽。雖然我喝的是蘋果汁。

「對、對喔。我有說過這種話呢。那這怎麼了嗎？」

「之前，我跟皇帝陛下上奏。要陛下讓位給可瑪莉。」

你腦子壞了!?

「結果陛下勃然大怒。」

就是說啊。當然會這樣。

「可是爸爸依然沒有讓步。這都是為了可瑪莉。」

算我求你了，別做這種多餘的事啦。

「爸爸跟陛下大力強調，告知陛下可瑪莉有多天才。說可瑪莉稱呼自己稀世賢者。可瑪莉平常都待在房間裡，忙著做一般人無法理解的沉思。最重要的是，可瑪莉還擁有一億年來難得一見的美貌——結果說完這些，陛下居然說『有意思』。」

哪裡有意思了。我的臉都快噴出火來了。

「總之陛下還是認可可瑪莉了。只不過，總不能將沒有做出任何成績的女孩子突然推上皇位吧？所以才先讓妳加入七紅天。」

變態女僕跟著點點頭。

「一切都如崗德森布萊德卿所言。根據姆爾納特帝國的傳統，能夠當上皇帝的人，必須擁有天下無雙的武力。因此基本上成為七紅天並且立下一等一的戰功，才有機會成為下一任皇帝的候選人。陛下為了測試黛拉可瑪莉大小姐的實力，才會任命您成為七紅天吧。而我則是被派來協助黛拉可瑪莉大小姐的女僕。今後請您多多指教。」

我的頭好暈。

七紅天就是那個吧。在世界中央的《核領域》殘殺其他種族的惡魔們。我是愛好和平的正義吸血鬼耶。跟那些野蠻人水火不容。

我怎麼可能去當啊，笨蛋。

這些事情已經超越我的理解範疇了，話說我的尿意就快要突破臨界點，於是我再也不管那兩個人，打算直奔廁所。然而——

「請您留步！」

令人懼怕的是，那個變態女僕跑來抓住我的大腿。

「我是來幫助黛拉可瑪莉大小姐成就霸業的女僕！請您、請您答應加入七紅天。否則我就沒有存在的意義了……」

「不、不要再搖啦！會尿出來耶!?」

「我是專門服侍黛拉可瑪莉大小姐的婢女。已經做好承接的覺悟了。」

「但我還沒做好給人承接的覺悟啊！爸爸你也別光顧著看，快幫幫我！」

「話是這麼說，薇兒也算是配得上稀世賢者的稀世侍僕。她一定會協助可瑪莉妳向前邁進的喔。」

「我看她反而會扯我後腿吧!?」

「黛拉可瑪莉大小姐。求求您了，請您答應成為七紅天。」

「那種東西誰要當啊！」

我努力裝出可怕的表情，狠狠瞪視那個變態女僕。

「乾脆就趁這次機會講明了，我要當小說家！就連現在也在大肆創作中！才不要出去，不想跟任何人扯上關係，想要一個人關在房間裡寫故事！說我想去工作，那種話想也知道是一時嘴快！沒事當成真話做什麼，笨蛋！」

等我說完才發現。

變態女僕跟爸爸都露出啞口無言的表情，雙眼直盯著我。

那讓我的心一陣刺痛。

如果一直把自己關在某個地方，人的心也許會越變越奇怪。

不久之前的我根本不可能對著爸爸怒吼。

「所、所以說……我不會成為七紅天。」

「但是——」

「妳好纏人！」

「但是——若不成為七紅天，黛拉可瑪莉大小姐將會面臨被炸死的命運。」

「……什麼？」

這傢伙剛才說什麼來著？

被炸死？咦？

「薇兒說得沒錯，可瑪莉。」

眉毛變成八字形的父親正望著我。

「如果要成為七紅天，就得和皇帝陛下締結契約。要賜予七紅天這種與眾不同的地位，相對的不論發生什麼事情，當事人都必須為了帝國盡心盡力，就是這樣的契約。一旦違背這份契約，將被設定成會在魔法力量的作用下爆炸。」

「不對，我根本不記得自己有跟人打過這樣的契約。」

「是昨天晚上偷跑進來的。」

「……什麼東西？」

「就是陛下。趁黛拉可瑪莉大小姐還在睡覺，偷親妳完成契約了。」

「啊啊————!?」

親親，妳剛才是說——親親!?親親是那個親親嗎!?如果要發動契約魔法，透過親吻確實是手段之一，但是——就算是那樣好了，那人擅自入侵別人的房間，還趁我睡覺的時候親親，不管怎麼看都是個變態啊！

「……不對先等等，契約魔法應該要有雙方同意才能發動吧！我可不記得自己有同意過!?」

「爸爸已經代替妳同意了唷，因為是法定代理人。」

「爸你在搞什麼啊！」

就算把他痛扁一頓，爸爸也只會「啊哈哈哈」笑。這有什麼好笑的啦。

也就是說事情是那樣吧？我肚子上浮現出的花紋，就是跟人定下契約的證明？這玩笑也開太大了。這樣的惡行，根本就已經到會被人家告的地步。

「完蛋了……我的人生完了……」

「黛拉可瑪莉大小姐。這是陛下親筆寫的書信。」

變態女僕給我一張精心裝飾到輝煌得過分的紙片。我把內容大致看了一遍。

『朕決定要讓可瑪莉成為七紅天。血之契約已經完成了，因此妳絕對無法違抗朕的命令。不想爆炸就履行七紅天的職責，要得到朕的認可，努力成為下一任皇帝的候選人——姑且不論妳有沒有成為七紅天大將軍的實力，妳的外貌已經得到朕的認可。妳的美貌如假包換是全帝國第一。光是看著妳的睡臉，朕的心情就變得無比興奮。

然而根據傳聞所說，妳好像討厭飲用鮮血。這樣的吸血鬼著實罕見。朕有顧及到妳的不便，沒有讓妳喝朕的血液，而是讓朕的唾液流進妳體內，藉此完成契約。

講得白話點，就是深度接吻。這可是破天荒的待遇。妳要懷著感恩的心，好好品嘗朕的味道。』

好嗯嗯嗯嗯嗯嗯嗯嗯嗯嗯嗯————!?

「真是太好了呢，黛拉可瑪莉大小姐。」

「哪裡好了！我全身狂冒雞皮疙瘩！人家都還沒跟人接吻過……」

「別那麼在意嘛。這是個好機會，妳就順勢成為七紅天的一分子吧。這樣一來可瑪莉也是頂天立地的社會人士了！爸爸就能抬頭挺胸跟人炫耀女兒啦！」

爸爸那「啊哈哈哈哈哈——」的笑聲聽起來變得好遙遠。

七紅天大將軍。

什麼不好做，為什麼偏偏分到這種亂七八糟的苦差事。既然要讓我去上班，我寧可上更和平一點的班。像是去蛋糕店工作之類的……

「恭喜您，黛拉可瑪莉大小姐。來得巧不如來得早，容我向您稟告今後的行程安排。首先兩小時後要去謁見陛下，接著要和那些部下會面。明天則是要跟鄰國拉貝利克王國發動您和他們的初次作戰。還有就是——」

那個變態女婆開始喜孜孜地說起後續安排的行程，可是她的聲音我完全聽不進去。

搞什麼啦。事情怎麼會變成這樣。早知道就別說想當皇帝了。是說皇帝那傢伙怎麼會被爸爸說服啊。要給人靠關係也該有個限度吧。是不是有什麼把柄被人握住。喂。

在心裡一直詛咒也沒用。

這就是現實。對，是現實。

之前我一直在逃避現實，如今遭到報應了。

「嗚啊啊啊啊啊啊啊啊————————！」

從各方面來說我都已經達到極限，最終落入慘叫蹲坐在地上的境地。

要蹲坐在地上也是可以，可是我真的快尿出來了，這才慌慌張張直奔廁所。

這次再也沒有人阻止我。

☆

一個小時後。

「吶，那個——薇兒海絲。」

「請叫我薇兒就行了。」

「這、這樣啊。那妳也直接叫我可瑪莉就好。家裡的人都是這樣叫我的。」

「遵命。可瑪莉大小姐。」

「嗯──對了薇兒，說起我的部下，是不是五個人左右？」

「有五百個人。」

我差點昏倒。五百這個誇張的數字讓我嚇一跳，但同時也因為被久違的日光直接照射到，害我有點頭暈目眩。

「嗚嗚，太陽好毒辣……」

「啊啊！可瑪莉大小姐！請您振作一點！我現在就帶您去廁所。」

「帶我去那種地方也太奇怪了吧!?」

「可是您之前明明那麼想去。」

「已經上完了啦！」

跟變態女僕結束了充滿衝擊性的邂逅，在那之後過了一小時。

現實實在很無情。

我在想這是不是做夢，捏了自己的臉頰好幾次，但就只是覺得痛而已，一點效果都沒有。也就是說我被皇帝陛下任命為七紅天，而且拒絕還會爆炸死翹翹，陷入這種愚蠢的境地。這根本是自作自受，但未免太不公平了吧。我好苦惱。

「啊──討厭──我根本不想當什麼將軍……」

「那您想死嗎？」

「當然不想死，可是……」

如果不想死就得像現在這樣，跑到外面來。

事情就發生在大約一個小時前。我已經領悟到自己沒辦法逃離就任成為將軍的宿命，這才心不甘情不願說自己願意踏出去離開家門。才剛說完，傭人們就群起拍手。爸爸他更是淚流滿面喜極而泣。就連不知不覺間現身的哥哥姊姊們也為我送上祝福，明明處在很絕望的狀況中，我卻覺得不好意思起來。就只有妹妹在那說些不吉利的話像是「可瑪姊姊會不會死掉啊？」，讓我不記得都難。拜託不要幫我預設那種奇怪的立場。

根據爸爸所說，我應該要履行的具體條件就只有一個。

『每三個月一次，跟其他國家作戰贏得勝利。』

這是身為七紅天最低限度的職責，如果沒辦法達成，我的身體就會爆炸，變成「地上的星星」。實在太過分了，眼淚都快流出來……而且還附帶另一個條件。

『如果能夠在百次作戰中獲勝，將能夠成為下一任皇帝候選人。』

還附帶這種有也好沒有好的規矩，對現在的我來說真的是可有可無。

「請您加快腳步。再過二十分鐘就要謁見皇帝陛下了。」

我趕緊搭上薇兒事先準備好的馬車。已經三年沒坐過這種馬車了。是說來到外面這檔事，本身就是時隔三年的創舉。踩著不熟悉的腳步，當我坐上軟呼呼的椅子時，我的嘴裡自然而然流瀉出大大的嘆息。

之後馬車奔馳了一陣子，這就抵達目的地了。

那還是我第一次仰望皇帝所在的城堡，看著看著都讓人覺得豪華到可恨的地步。我們家的宅邸也算是大的了，但還是比不上這座城堡吧。

跟衛兵說明來意後，我就順利被帶往皇帝用來接見人的房間。

糟糕，開始覺得緊張了。

「——哎呀呀呀，歡迎妳來，可瑪莉！妳還是一樣那麼可愛！」

皇帝陛下從皇帝寶座上輕巧地跳下，帶著滿面笑容靠近我。

全身上下最大的特徵就是那一頭令人眼睛為之一亮的金髮，是個看起來年紀跟我差不多的女孩子。但可不能被她的外表欺騙。這傢伙可是上一個世代的七紅天，屠殺過多位外國將軍的惡魔。而且傳聞還有提到，她天生就是同性戀，若是看到可愛的女孩子，就會完全不看場合，光顧著出手性騷擾，是個色情大魔頭——我說妳的臉未免太靠近了！這傢伙在搞什麼，果然就是個變態！

「妳好啊可瑪莉。朕很高興能夠見到妳。」

這距離連兩公分都不到。呼出來的氣息噴在臉頰上，有一股甜甜的味道。月色雙眸不停盯著我看。我很想逃跑，可是逃走等於犯下大不敬之罪，會被處以死刑。這倒是完全沒有道理可言。

「這、這是我的榮幸，不過……請問——這樣會不會靠得有點太近了？」

「皇帝跟將軍親親密密，有何不妥？」

「不是，我說的不是那個，是物理上靠得很近……」

「話說朕想要揉揉妳的胸部。可以揉嗎？」

她嘴裡說些亂七八糟的，都沒在跟我客氣，手直接朝我的胸部伸過來。這下我很確定了。這傢伙是不容質疑的大變態。我得盡快報警。

「——陛下，還望您能及時收手，別再戲弄她。這樣可瑪莉大小姐會哭的。」

我害怕得要命，都快哭出來了，這時變態女僕突然開口說了這番話。出現了意料之外的幫手。原來這傢伙還是有點常識的啊——正當我覺得感動，皇帝就笑著說「開點玩笑罷了」，接著再度坐回王座上。開這什麼玩笑。

「朕可是很重視心意這種東西。直到妳有那個意願為止，朕都不會揉妳的胸部。」

「可是您有親過我吧……」

「唔。」

有那麼一瞬間，皇帝擺出錯愕的表情，緊接著——

「哇、哈、哈、哈！有趣，實在有趣。說敬語不適合妳。今後在面對朕的時候，就當成是在跟有十年交情的老友說話吧。」

我連一個朋友都沒有啦。

對我內心在想什麼毫不知情，皇帝優雅地交疊雙腳，接著如此說道。

「話說回來，妳跟妳的母親很像呢。雖然散發出來的氣質有點不同，但朕還是覺得有點懷念。」

「是、是這樣啊？」

「對，特別相似的非那個美貌莫屬。跟傾國傾城的知名美女尤琳・崗德森布萊德——也就是妳的母親，在五官上幾乎是一模一樣。實在是太像了，讓朕好興奮。啊啊尤琳，原本還想總有一天要把妳弄到手，沒想到居然被阿爾曼那個臭小子睡走——喔？妳脖子上掛的，莫非是尤琳戴過的墜飾？」

「這個……」

被人用熱切的目光逼視，害我感到不知所措。

半點話都說不出來的我僵在原地，結果皇帝出聲打圓場，笑著說「抱歉抱歉」。

「這件事情不重要——那麼，黛拉可瑪莉・崗德森布萊德。接下來要任命妳為七紅天，妳已經做好覺悟了嗎？」

「是。」

其實根本就沒有。

「剛才都說不用那麼畢恭畢敬了。不聽話小心我親妳喔。」

「遵……命……」

「好，就親吧。」

「我、我知道了啦！都說知道了，別做那麼變態的事！」

「啊、哈、哈、哈！妳還真有意思。」

一點都不有趣好嗎！

我這陣內心呼喊，變態皇帝是不可能聽得見的。

「罷了，玩笑就開到這邊，我們回歸正題——接下來可瑪莉會成為七紅天，朕想跟妳提醒一個注意事項。」

「……注意事項？」

「嗯，其實妳很弱吧。」

這話害我頓時驚嚇到。

不過，那也沒什麼好隱瞞的。我的戰鬥能力少到比麻雀的眼淚還少，稍微調查一下，這種事情馬上就知道了吧。

「這怎麼了嗎？啊，難道說我太弱了，沒辦法成為七紅天？如果是那樣，我現在就想馬上回家……」

「別擔心，自從妳跟朕締結契約，妳的位階就是準一級七紅天大將軍。」

嘖。

「問題在於妳能不能勝任職務。想必妳也很清楚，七紅天大將軍是軍事上的要角。如果沒辦法虐殺敵方的將領，得到的薪俸可是會逐步下降。」
「……咦？這麼說來，如果做得不好，就可以被革職？」
「對。妳會爆炸，被革職炸飛的會是腦袋瓜。」
別開玩笑了。把我的期待還給我。
「有鑒於此，朕才想問問妳。妳打算如何虐殺敵將？」
皇帝在問我的時候，表情很嚴肅。
不過——我完全不為所動。
「……先說清楚，我可是難得一見的賢者喔？」
這讓皇帝「哦」了一聲，看似頗感興趣地盤起雙手。
「這點阿爾曼已經——不，妳的父親早已跟朕說了不少。聽說妳身體機能低落到很絕望的地步，反之卻擁有超乎想像的智慧。」
「沒錯。在這十五年來的人生中，我所培育出來的知識量早已遠遠凌駕常人所能。就算沒有戰鬥能力，我依然擁有足以擺布他人的高度戰術技巧。畢竟我可是把『安德羅諾斯戰記』全部看完了喔？皇上妳應該也知道這個，那套作品總共有十四集，而且每一集都在四百頁上下，是超級大作。那個故事裡頭出現的戰術，我全都已經記起來了。就算沒有半點戰鬥能力，我還是能以謀將的身分大肆發揮。」
沒錯，雖然意見特多卻還是願意成為七紅天，是因為我有把握，認為自己不用親自上陣也無妨。假如不是要我成為七紅天，而是要去當一介士兵，那我有自信就算臉都丟光了，還是會大哭特哭跑去躲起來。嗯。

「可瑪莉大小姐，這說法實在是太……」

可是不知道為什麼，變態女僕用很同情的目光看我。

至於皇帝，她甚至還面露苦笑。我說的話到底是哪不對勁啊。

「……好吧。假設妳出謀劃策的能力，到了能跟神並駕齊驅的地步好了。可是在這個只講究戰鬥力的吸血鬼社會中，就不怕碰到將妳直接定位成弱小上司的部下？」

「是指部下會叫我多練些肌肉出來嗎？」

「不是。是部下會以下犯上。」

這讓我一時間說不出話來。皇帝繼續淡淡地說著。

「舉個例子，在妳前一任的七紅大就是因為部下以下犯上才被殺掉。因為這個前任七紅天比他的部下還要弱。」

「先、先等一下啦!?可以容許這種事情發生喔!?」

「名義上是不允許，但是以下犯上的風氣逐漸被大家接受，這也是事實。證據就是殺掉前任七紅天的吸血鬼，如今依然還是正規的帝國軍人，成日在戰場上出生入死。朕也不打算追究此事。」

「這麼說來……」

「猜對了。一旦被人發現可瑪莉妳其實非常弱小，大概八九不離十會被幹掉吧。因為吸血鬼們一個個都充滿了向上爬的慾望。」

「那——」

我感覺到自己流下冷汗，心跳變得越來越快。

「那要怎麼辦啊!?如果死掉是不是會變成那樣，會超痛的!?比小拇指撞到衣櫃的邊角還痛!?」

「妳不想死嗎？」

「當然不想啦！」

「不過死了就可以繼續回家裡窩著囉？」

「嗚……」

只要運用魔核的力量，不管死掉幾次都能死而復生。這是一種自然定律，就連小孩子都知道的一般常識。也就是說——只要我死了，再加上有部下以下犯上篡位，我就會被人強行從七紅天的寶座上拉下。這對我而言簡直是求之不得的事情。

雖然是這樣。

「……我還是不想死。而且這是爸爸替我爭取到的工作。我……不能不做。」

聽完我的訴求，皇帝用銳利的目光盯著我看，一陣子後才露出一抹笑容。

「那麼妳就只能設法隱瞞到底了。不管遇到什麼樣的狀況，在部下面前都一定要假裝自己很強大。因此才會派人協助妳——就是那個女僕。」

「請交給我處理，可瑪莉大小姐。我一定會讓那些部下會錯意的！」

「我只覺得很不安……」

七紅天的任期是無限期。換句話說，除非在戰爭中節節敗退，或是被部下篡位，再不然就是成了皇帝候選人，否則都無法避免跟人作戰。

看不到盡頭的苦行之路，將從這個瞬間展開。

「……薇兒妳應該不會以下犯上吧？」

「這是當然。因為我是全宇宙中最敬愛可瑪莉大小姐的人。」

滿嘴謊言。我們今天才第一次見面吧。

☆

就在此時，姆爾納特宮殿的七紅府「血染之廳」裡，被分配到新進可瑪莉小隊的吸血鬼們齊聚一堂。他們全都是身穿深紅色服裝的強大怪物，用充血的雙眼惡狠狠地四處張望，等待他們的將軍到來——只不過。

「——慢死了！大將軍閣下在搞什麼鬼！」

一名滿頭金髮的少年氣沖沖地猛踩地板。

他的名字叫做約翰・海爾達，是能夠自由自在操控火焰魔法的天才新兵。

「大家看看，都已經超過集合時間五分鐘了！這種愛遲到的混帳，難道配當我們的頭頭？大家都覺得不配吧？不能接受對不對⁉就算去跟皇帝陛下告密，要陛下取消大將軍的七紅天資格也不過分吧⁉」

約翰放眼環顧那些吸血鬼，要看看有沒有人也認同這般說法。

是有一些人認同地點頭，但這些人都是平常就會對約翰阿諛奉承的跟屁蟲。大多數的吸血鬼都不認同他。

「啊？意思是說其他人都不火大？沒辦法準時的人，根本不配當社會人士好不好！」

「——臭小子你閉嘴。我們已經加入大將軍麾下了。沒我們抱怨的餘地。」

一道低沉的嗓音適時響起。這個人靠在牆上，雙手在胸前交叉盤起，是有著狼頭的壯漢——名字叫做貝里烏斯・以諾・凱爾貝洛。

這時約翰大大地「嘖」了一聲，狠狠瞪著貝里烏斯。

「你說什麼，狗頭人。我看把你強制遣送回獸人王國好了，啊⁉」

「你這小子，說這什麼鬼話？那張嘴伶牙俐齒，乾脆削掉好了，臭小鬼。」

「啊？你說誰是臭小鬼？別看我這樣，我已經二十歲了耶！」

「精神年齡只有三歲吧。小鬼就要有小鬼的樣子，去上幼稚園啦。」

「啪唧！」——好像出現某種東西斷裂的聲音。

聲音的出處用不著多說也知道是約翰。

「小心我宰了你！」

不用經過詠唱，約翰身上出現來自地獄的火焰，用大到地面都會被踩凹的力道大力躍起。雙方的距離不到五公尺。只要一秒鐘，拳頭就會打在貝里烏斯臉上。

「小鬼頭動不動就想找人打架，真麻煩。」

只見貝里烏斯拿起一把大斧頭。其他那些旁觀者都發出歡呼，激烈的火焰熊熊燃燒，都快把天花板燒焦了，再過不久雙方將會出第一招，引發激烈衝突，不料在那瞬間——

「砰！」的一聲，約翰被看不見的牆壁彈開，身體朝後方彈飛出去。

背部撞在地面上的約翰拚命想要弄清現狀，他放眼環顧四周。結果發現有個男人正舉起他的右手。

「……別妨礙我，卡歐斯戴勒。」

「天底下最醜陋的莫過於自家人內鬥。請你們兩位都把武器收起來。」

「呿……」

男人接著開口道「明白了就好」，嘴邊浮現詭譎的笑容。

他是卡歐斯戴勒・康特。全身上下最特別的莫過於那宛如枯木一般的身軀，恐怕在這裡，他是最有能耐以魔法對付約翰的吸血鬼。

約翰的牙齒咬得喀喀作響，結果有人拍拍他的背。

他轉過頭。

是看起來很輕浮的男人，雙手都比著中指。

「老子名叫梅拉康契。超有魅力我最強。臭小鬼趕快滾回幼稚園，方便老子出頭天行大運。誰最強？我最強！耶——！」

結果他被金髮少年痛扁一頓。

為什麼這個隊伍裡盡是些讓人火大的傢伙。

「——咳哼。請大家別做無益的爭鬥。接下來要恭迎大將軍，身為部下的我們卻是這副模樣，成何體統。」

「這話有理。我們該做的，就只有靜靜等待大將軍到來。」

「耶——！沒辦法靜靜等的三歲小鬼，嗑到茫今晚性犯罪！」

對於那三人的說法，大部分的吸血鬼都表示認同。

就只有約翰整個人抓狂，想要撲向梅拉康契，但是這次被他的跟屁蟲們壓制住，才沒能行動。

對於引發大騷動的金髮新兵選擇冷眼旁觀，卡歐斯戴勒緩緩將雙手交疊於胸前，接著開口。

「——只不過，我也不是不懂約翰的心情。新任七紅天黛拉可瑪莉・崗德森布萊德這號人物，在我們看來只是個來路不明的小姑娘。」

貝里烏斯跟著從鼻孔裡「哼」了一聲。

「聽說這位黛拉可瑪莉的母親是上一世代的七紅天，再加上崗德森布萊德是姆爾納特帝國的名門。說她來路不明未免太過火了一點。」

「耶——！崗德森布萊德是帝國的貴族，貝里烏斯汪汪叫是帝國的走狗！」

這次梅拉康契被人痛扁到整個人都飛出去了。屬於全方位討打型。

卡歐斯戴勒在這時聳聳肩說著「真是的」。

「就不知那位黛拉可瑪莉，是否能率領這支形同脫韁野馬的部隊。」

「……假如那人沒辦法辦到，到時同樣的情況又會再次上演吧。」

「哎呀，這次貝里烏斯打算動手？」

「有必要就會做——在這個第七部隊裡，比我還血氣方剛的笨蛋多得是。我們之所以會被人嘲弄成『浴血軍團』，都是那些笨蛋之前任意妄為的關係吧。」

「真是的，上頭的人成天變來變去，著實麻煩。」

「那不然乾脆你來當七紅天怎麼樣？」

「那是不可能的。包括我在內，所有的第七部隊成員都被陛下厭惡。」

姆爾納特帝國軍第七部隊。

那都是一些不守帝國軍紀律的人所組成的軍團，這幫人目無王法。部隊裡頭的五百名吸血鬼大多數都曾經引發某些問題，才會被降級來這邊，因此第七部隊在帝國軍裡頭都被當成避之唯恐不及的對象。

正因為是一支這樣的部隊，才會常常發生以下犯上之情事。

「若是這次的大將軍能夠在位久一點就好了。因為沒有頂頭上司率領，我們甚至沒辦法出去作戰——哎呀，看樣子說人人到。」

聽卡歐斯戴勒那麼一說，貝里烏斯也順著他的目光看過去。

血染之廳的大門正應聲開啟。

就在這個時候，房間角落有某個人出現大動靜。

「哈！雖然不曉得來人是怎樣的傢伙，但想踩在我頭上，還早個十年！」

這個人就是約翰。那些跟屁蟲忙著安撫他要他住手，都被約翰狠狠教訓一頓，不敢再說些什麼。接著約翰兩手拳頭都出現火焰，跨步衝了出去。

「……怎麼辦？要阻止他嗎？」

「不，先看看情況再說。這種時候正好可以見識新七紅天的能耐。」

話說到這邊，卡歐斯戴勒不懷好意地笑了。

☆（往回倒捲一點點）

謁見完皇帝後，我要去跟部下會面。

在薇兒的帶領下，我來到帝國軍武官都能夠自由出入的東塔，也就是俗稱七紅府的那棟建築物。根據薇兒所說，七紅府在宮殿中算是相形之下比較著重樸實感的建築物。聽她那麼一說，確實會覺得七紅府那又白又厚重的建築樣式，比較沒有貴族般的奢華感，而是給人較有武者風範、樸實嚴謹又剛強的感受。不管怎麼說，那都跟身為稀世賢者的我極不搭調。

後來過沒多久，我就被帶到更衣室這邊。

「來，請您換上這個。」

薇兒說完就遞給我一樣東西，是姆爾納特帝國的軍服。充滿潮流感的設計說有型是有型，但誰能料想得到，我居然有換上這套衣服的一天。

「我來協助您脫衣服。請您做出萬歲動作。」

「不、不用了。我自己脫。」

「這不行。我是可瑪莉大小姐的專屬女僕，有幫可瑪莉大小姐脫衣服的義務。」

「天底下哪有這種義務！妳給我在那邊乖乖待著！」

「這樣啊。那我就在這邊從頭到尾盯著看，來觀賞可瑪莉大小姐的脫衣秀好了。」

「不用做那種事情啦！」

這傢伙的變態程度，是不是以秒為單位上升啊？就這樣放任不管，很可能會被襲擊——於是我心懷恐懼，好說歹說還是成功將衣服換穿完畢。我試著站在穿衣鏡前……嗯，看起來還不賴。街頭巷尾的傳聞不是講假的，姆爾納特的軍服很有品味。

「這套衣服很適合您，可瑪莉大小姐。」

「是、是這樣啊？別看我這樣，我可是一億年才會遇到一次的美少女。不管穿什麼都很合適吧。」

「太棒了。超級可愛。機會難得，回去了以後來辦一場可瑪莉大小姐的時裝秀吧。我會搜羅古今東西包羅萬象的服飾，敬請期待。比較正式服裝的感覺也不錯，但還是想展現您的嬌柔魅力。看是要換穿哥德蘿莉裝，或是連身洋裝……」

「我怎麼可能配合啊，笨蛋。」

誰有空去配合這個變態，得出上述結論的我，率先從更衣室飛奔而出。我很清楚自己無處可逃。那還不如快點去把招呼打完也好。

「好厲害……看起來就好像真正的七紅天。」

「接下來就是要當真正的七紅天。雖然我實在很不願意。」

也許是軍服上身，我或多或少也看開了一些。雖然心臟還是一樣跳得很快，一旦靜止下來，手腳好像就會開始發抖。

跟我擦身而過的吸血鬼們，都對我行謎樣的最敬禮，走著走著過了幾分鐘，目的地的門扉終於出現在眼前。那裡就是有我的部下在等待的「血染之廳」。我問過薇兒，為什麼要替那個地方取這種危險的名字，結果她說「因為那邊發生過殺人事件」。如果她要開玩笑，希望她可以講更歡樂的笑話。

我先做了個深呼吸，這才害怕地伸手開門——可是那道門一動也不動。

因為門太重了。這扇左右對開的門是怎樣，是不是做得不夠便民啊？

「咕嗚嗚……這個該不會有一百萬噸吧？」

「那是不可能的。一般的吸血鬼應該都能用普通的方式開啟才是。」

「抱歉我脆弱到連普通都稱不上！」

嘴巴抱怨歸抱怨，我整個人都壓上去，持續推動那扇門。既然都要來了，原本是想同時將左右門板大力開啟，來個帥氣登場，但我如果有那種力量，如今早就已經靠武力壓制那個變態女僕，凱旋回歸自己的臥室了。噢，好像有動一點點。

「加油，可瑪莉大小姐。」

「……妳別光顧著站在那邊，快點幫幫我……！」

變態女僕將我華麗無視。我很火大這點自然不在話下，可是火大又怎樣，在這種情況下依然無能為力。我勉為其難壓榨全身的肌肉，這下總算將門開了一半。很好，行得通！我才剛看到希望，就在這瞬間——

「去死吧大將軍閣下——————！」

「……咦？」

我都看見了。

在半開的門扉後，有個模樣超恐怖的金髮男子朝這邊跑過來，這衝擊性的影像竄進我眼裡。

「等等、呀啊啊啊啊啊——————!?」

「啊哈哈哈哈哈哈哈！就讓我用業火把妳這臭娘們的頭髮全部燒光咕噗!?」

一陣厚重的「咚哐！」聲在這時響起。

我想應該是門關上的聲音。

之所以會說「我想應該是」，是因為我沒實際上看到門關閉。一看到那個來路不明的男人跑過來，我就決定採取戰術性撤退。手馬上從原本在推壓的門板上離開，躲到薇兒背後採取「臥倒」姿態——這只是講起來好聽，簡單一句話，其實我就只是嚇到逃走而已！太莫名其妙了吧！剛才那個人是誰!?他還說要我去死對吧!?我要報警喔!?

「可瑪莉大小姐，您還好嗎？」

「還、還還還還、還、還、還——」

「乖喔乖喔。您是個乖孩子。」

薇兒溫柔抱住因恐懼而顫抖的我。

這已經超過我的承受範圍了。那個人會從這個房間跑出來，表示他是我的部下吧？他突然就跑過來打我耶？根本從一開始就滿心只想以下犯上啊。搞什麼東西。

話說薇兒，妳要抱我是沒關係，可是從剛才開始就在亂摸哪啊？妳一下子揉屁股一下子揉胸部對吧？我看妳根本是變態吧？

「……怎、怎麼辦薇兒，我超弱的事情搞不好已經穿幫了……」

「您用不著擔心。可瑪莉大小姐已經戰勝不守規矩的反叛者了。」

「咦……？」

聽了一頭霧水的我，這就害怕地順著薇兒目光所示之處看去。

我的下巴差點沒掉下來。

「薇兒，那是……」

那個金髮男被門夾著頭，完全沒有任何動靜了。

「他死了。」

「死了嗎!?」

殺人事件真的發生了！而且我還是犯人!?

「做得漂亮。不使用武器或魔法或體術，就能夠將吸血鬼處死，這並非常人有辦法辦到的。不愧是難得一見的賢者，新銳七紅天大將軍，黛拉可瑪莉・崗德森布萊德大小姐。」

「現在不是拍手的時候吧！啊啊真是的，為什麼會變成這樣……」

我趕緊跑到死去的男人身邊。還有一件事，因為魔核效果的關係，只要待在姆爾納特帝國的範圍內，在壽終正寢之前都不會有人因其他原因真的死去。這個人應該過幾天就會活過來……可是實際上像這樣動手殺人，那種感覺真的很不好。

「啊哇哇……是不是應該供奉一些鮮花比較好……」

「像這樣的蠢蛋，只要對他吐口水就夠了。話說我們快點過去吧。部下們都在等您。」

薇兒一說完就咳了一聲，接著單手開啟那扇門。這下可以知道我剛才付出的苦力完全白搭。我已經什麼話都懶得說了。對那個死掉的金髮男默默祭拜一下後，我趕緊跟上快步前進的薇兒。

緊接著，我感覺全身上下都被恐懼感包圍。

在那廣大不已的房間裡，等待著我的是一群排排站的吸血鬼。可是他們並非等閒之輩。每個人都穿著軍服，看起來都不是很正派，目光全都投射在我身上。

啊，這個我不行。

我立刻右轉想要逃走，右手卻被薇兒牢牢抓住。我怎麼可能逃離那足以打開對開大門的腕力。看樣子我完了。

「——黛拉可瑪莉．崗德森布萊德大人。恭候您大駕光臨。」

這時從那些部下中走出一個彷彿枯木一般的人，他靠近我。身上穿著紅色的軍服，這個男人實在太有吸血鬼的樣子了。我緊張到都快死掉，那傢伙卻突然在我面前下跪，害我心臟真的差點停擺。

「初次見面。我隸屬於姆爾納特帝國軍第七部隊，是準三級中尉，名字叫做卡歐斯戴勒．康特。今後請您多多指教。」

「唔、唔嗯。不用那麼客套。」

給了一個平凡安全的回應後，那個叫做卡歐斯戴勒的人臉上滿是笑容，抬頭仰望我。

「閣下，我深感佩服。那個約翰．海爾達在這個第七部隊裡也算是特別容易衝動的一個，沒想到您一出手就將他殺掉了。」

是在說剛才那個金髮男嗎？我根本沒有要殺他的意思——但就算沒有，這也是一個機會。在不至於惹人厭的情況下，我就來順勢炫耀一下好了。

「呵、那種程度的吸血鬼，我用一根小拇指就可以收拾掉。」

這時四周開始出現吵雜聲。

咦？說用小拇指是不是太過火了啊——我為此感到不安，但都已經太遲了。只見卡歐斯戴勒對我投以詫異的表情。

「用、用小拇指是嗎？」

「沒錯。就是小拇指。」

「可是，約翰也算是飽經鍛鍊的吸血鬼……」

「我也有在鍛鍊啊！只是你們不知道罷了，那些跟我用手指打勾勾過的傢伙，沒有一個例外，全都出現複雜性骨折！」

「居然……」

我也覺得像這樣虛張聲勢都快吹破牛皮了，但大家似乎信以為真。好險好險。以後最好還是不要隨隨便便撒大謊。因為一旦穿幫，我會馬上沒命。今後希望能透過言行來假裝自己很強。嗯，我能辦到。畢竟我可是舉世無雙的賢者。

「順帶一提，可瑪莉大小姐小的時候就曾經用一根小拇指殺掉百名吸血鬼。如果可瑪莉大小姐玩真的，只要五秒鐘就能夠把這裡的吸血鬼全都殺光。」

妳————!?

別說那種多餘的話啦！任誰聽了都知道是在說謊啊！夠了喔，別連大拇指都豎起來！這樣根本不是在替我加分啊！

「話說康特中尉。你從剛才開始頭就抬太高了。如果想要表達恭敬之意，就先來舔可瑪莉大小姐的鞋子。」

拜託妳快閉嘴啦——！什麼叫「去舔鞋子」！這樣一定會被幹掉！妳看吧，卡歐斯戴勒的眼神變得越來越危險了——嗯？奇怪？不是那樣？

「——是屬下思慮不周。閣下，可以舔您的鞋子嗎？」

「當然不行啊！」

等我反射性吐槽完才知道後悔。他會不會被激怒，反過來殺了我。可是讓人意外的是，卡歐斯戴勒立刻光速擺出下跪賠罪的姿勢。

「失禮了。像我這樣低賤的人還想碰觸閣下尊貴的腳，想都不用想就知道犯下滔天大罪，足以被處極刑。」

這把我嚇到了。

雖然令人退避三舍，可是這個男人對我似乎沒有太大的敵意，我有這種感覺。這讓我稍微變得比較鎮定一點，我盡量裝出平靜的樣子，朝他開口。

「罷了……把頭抬起來吧。話說回來，我也差不多該跟所有人問候一下了吧？」

「是！當然好！第七部隊的——不對，可瑪莉小隊的隊員們，全都誠心等待閣下為大家致詞！」

他還說可瑪莉小隊。要說這種羞恥話也該有個限度。

好吧算了。去在意這種事情，那後面的事都不用幹了。就把小拇指能夠怎樣怎樣的忘了吧。不然我會精神崩潰。

我鞭策顫抖的身軀，逼自己環顧這間房間。就在那瞬間，總人數高達五百人的瘋狂吸血鬼們幾乎在同一時間不約而同下跪。這情景太可怕，害我都快哭出來了。不能逃跑。不可以逃走。不能逃。我大大地吸了一口氣，再吐出來，然後又吸一次——好我要上了！

「諸位！」

這是從哪個時代跑來的人啊。我這個笨蛋。但現在不是去在意失敗的時候。在來這之前，我不是已經做過好幾次假想練習了嗎？來吧，快說。說出來！

「我就是新任七紅天，黛拉可瑪莉・崗德森布萊德！從我成為你們的大將軍開始，你們就不能再像之前那樣暢快度魯噗。」

吃螺絲了。氣氛整個爛掉了。幫幫我，薇兒。

「可瑪莉大小姐緊張到連話都說不好。如何，很可愛吧。」

妳這根本是在傷口上灑鹽吧。

我領悟到想依靠變態女僕是沒用的，要把剛才的失態完全從記憶中抹除，繼續跟大家致詞下去。

「別以為還能像之前那樣舒爽度日！今後每天都要戰爭。沒有一個瞬間不流血，每天都充滿殺戮！不過你們放心，只要閉上嘴追隨我就行了。絕對不要有些愚蠢的念頭，試圖以下犯上或是背叛我，只要跟隨楚楚可憐又強大又過分天才的黛拉可瑪莉．崗德森布萊德大人就對了！我答應你們。只要你們跟著我持續作戰，就讓你們天天都有樂子可享！」

一陣「噢噢」的感嘆聲隨即響起。

真是的，我都在說些什麼啊。

戰爭啦殺戮啦享樂啦，我明明對這些東西一點興趣都沒有。

「沒錯。我是要稱霸世界的吸血鬼。只要本人黛拉可瑪莉．崗德森布萊德還在這個世上，天地之間的一切都須聽我號令！因為我是無人能敵的強者！不用知己知彼，依然擁有能輕易百戰百勝的武力！我有智謀！有魔法！對，你們要做的，就只有追隨無比強大的我。無論何時都要掏心掏肺、畢恭畢敬，不能想著以下犯上，絕對不能想，只要信奉我、守護我便可！聽懂了嗎，親愛的士兵們！血淋淋又壯烈的血色榮華就在前方！」

大家的視線都集中在我身上。糟糕。我快吐了。我怎麼會發表這麼驚世駭俗的演說。小說看太多了吧我。

「去吧，我們出征！一起舉起我們的劍！聽好了，務必追隨我！不許背叛！一旦妄想以下犯上，就會像剛才那個金髮男一樣，死得無比悽慘！我會毫不留情在一秒內取人性命！這樣懂了吧！明白就好！還想追隨我的人，才留在這裡！賭上我黛拉可瑪莉・崗德森布萊德之名，我許你們永世榮華！以上！」

話說到這邊，我閉上嘴巴外加閉上眼睛。

想說的都說完了。後半部明顯有即興發揮的痕跡，可是之於我這個溝通障礙分子，我自認算是做得不錯了。使用強大的言詞，看起來就會顯得強大。大家應該都有被誤導到，以為我的實力不差。

可是，會怕的還是會怕。

再也忍耐不住的我，偷偷觀望大家的反應。

就在這一刻。

唔喔喔喔喔喔喔喔喔喔喔喔喔喔喔喔喔喔喔喔喔喔——

一陣差點要把耳膜震破的歡呼聲爆發開來。

「咦？這、這是什麼情形。」

也沒發現我陷入狼狽狀態，那些吸血鬼們就好像吸大麻吸到中毒的人一樣，發出狂熱的盛大呼吼。最後我還聽見他們在喊「可瑪莉！可瑪莉！」，那群人開始一直叫我的名字叫到我都不好意思了。誰是你們的可瑪莉。我又不是偶像。

困惑的我僵在原地，結果薇兒拋給我一個謎樣的媚眼。

「恭喜您，看來部下們都對可瑪莉大小姐很著迷。」

還說是著迷勒。

事情有這麼簡單？這樣的劇情發展會不會有點太快了？

「總而言之，已經成功抓住大家的心了。再來就看能持續隱瞞實力到什麼地步。」

「這才是最大的問題……」

我沉浸在濃濃的憂鬱感中，這時有好幾名部下來到我旁邊。莫非這些人都不認同我!?——感覺到危機的我正準備在下一刻逃走，但聽到他們說出的話，我當場僵住。

「閣下！可以舔您的鞋子嗎!?」

「閣下閣下！請您踩我吧！」

「閣下閣下閣下！請讓我跟約翰一樣被壓死！」

這下我感覺到另一種人身危機浮現。

這個隊伍沒問題吧。感覺盡是一些變態。還有最後那傢伙想死自己去死啦。

不對，這些都不重要。就算這幫人是脫離常軌的變態好了，我要做的還是沒變。為了避免自己被這些傢伙幹掉，我死都要持續扮演強者。那滿口胡言的演說好歹算是成功了吧，也不知道今後能夠兌現那些謊話到什麼地步……

一想到接下來的日子處處是麻煩，我就發出大大的嘆息。

好想趕快回家鑽進被窩。

※

為什麼黛拉可瑪莉．崗德森布萊德可以得到這麼多的擁護者？

這其中的緣由，聽聽第七部隊可瑪莉小隊那些吸血鬼們的心聲就能明白一二。

「啊啊，說到閣下。實在太可愛了。」

「哎呀受不了，讓人一見鍾情。」

「簡直是在苦悶軍中生活盛開的一朵花。我的胯下蓄勢待發。」

「毫不留情殺掉那個臭小鬼，這份冷酷——我已經從中看出她具備成為霸主的資質。雖然不曉得她擁有多強的戰鬥能力，但總比上一任像樣吧。總之，暫時先看看情況再說。」

「人家的可瑪莉果真是霸主。」

「好想被她踩。」

「我想要舔她。」

「想要吸她的血。」

「耶——！可瑪莉閣下超有型，足智多謀魔法最強。」

「聲音很好聽萌萌的。」

「希望她叫我的名字。」

「容我說句老實話，第一眼看到她的瞬間，我就被收服了。能夠毫不猶豫處分掉部下，擁有那鋼鐵般的理性，還擁有宛如天使下凡的柔美容貌，這樣一位人物才配讓我侍奉。別說是鞋子了，總有一天還要對她的腳——咳咳咳。沒什麼。總之今後值得期待。務必讓我見識那位七紅天用小拇指屠殺敵人的英姿。」

或許是因為之前的大將軍們清一色都是沒用的大叔所帶來一些影響，大多數人都因為有可愛的女孩子加入而喜不自勝。被人當成無法可管或冠上其他名目而受人畏懼的第七部隊，也許本質上單純得可以。

也就是說，那只是一群懷著兩性煩惱的普通男子。

對於這不像樣的真相，未來可瑪莉也許永遠沒機會察覺。

那我們再回到序幕的部分。

☆

吸血種：姆爾納特帝國。

獸人種：拉貝利克王國。

神仙種：夭仙鄉。
翦劉種：蓋拉・阿爾卡共和國。
蒼玉種：白極聯邦。
和魂種：天照樂土。

世界上存在這六個國家，每個國家各自擁有一個魔核。

魔核是特級神具之一，一種可以產生出無限量魔力的器具。現代社會可以說是利用這種魔核無限再生機能所打造出的魔力社會。

就拿姆爾納特帝國來舉例好了。帝國境內新出生的吸血鬼，在出生之後經過兩週，就會執行將部分血液獻給魔核的儀式。當然這還蘊含了將性命交給國家的咒術性意義，但更重要的是，讓血液跟魔核混合後，魔核就會將之當成自己的一部分。換言之，新出生的吸血鬼會成為魔核的一部分。

這麼做會導致什麼樣的結果。答案很簡單。

那就是魔核可以創造無限的魔力，擁有無止境的再生之力。成為魔核的一部分後，該吸血鬼就能享受這份力量帶來的好處。因此這個世界的居民都能夠無限使用魔力（但個人資質不同將令可使用的魔法有所受限），在魔核本體能夠影響到的範圍內，不管受了多麼重的傷，死得多麼悽慘，經過一段時間都能夠完全康復。

因此——正因為待在這樣的世界裡，並不會發生不是你死就是我活的戰爭。於是現今的戰爭就演變成武力展示。各國會賭上他們的威信全力作戰，成了一大娛樂活動。

有了這樣的前提，負責主導戰爭的大將軍同時也要扮演宣傳大臣，向這個世界誇耀他們的國力。如果七紅天一敗塗地，那就像是用泥巴玷汙了皇帝的臉面。

沒經過同意就隨便親我的變態皇帝，別說是賞她泥巴了，我看塗淤泥更合適。想是這樣想，如果真的拿淤泥去塗她，那被炸死的未來會離我更近。

「……世界上怎麼會有這麼不公平的事情啊。」

這讓我仰天長嘆。

這個世界的中央地帶，正好是《核領域》的中心點。

所謂的核領域，就是六個魔核的影響範圍恰巧重疊的特殊地帶。於是各國之間的戰爭清一色都在這個地區舉行。

今天核領域這片大地也被鮮血浸潤。

東方軍團是全都由獸人組成的剛強戰士團。拉貝利克王國軍。

西方軍團是只有吸血鬼為成員的少數精銳人員。隸屬於姆爾納特帝國軍——也是我所率領的第七部隊。

這事情就發生在我跟那些部下見完面的隔天。原本打算今天一整天都待在房間裡，沉溺於我的思考世界中，卻被突然現身的變態女僕綁架到戰場上。她說上一任七紅天早就預定要開戰，我必須承接他的安排出戰。前任七紅天去死啦。不對，他確實死過一次了吧……

「——緊急報告！貝里烏斯中尉已經打倒敵方的主將了！重複一遍！貝里烏斯中尉打倒敵方主將了！我軍勝利！」

當負責傳令的部下大聲宣布這個消息，那一刻我覺得自己都快腳軟了。啊啊……打心底感到慶幸。這樣我就不需要親自上陣裝派頭。

「哈、哈哈哈。做得好啊，貝里烏斯。晚點給他一些獎賞好了。」

雖然我根本不記得這個貝里烏斯是哪號人物。

「呿，害閣下沒機會上場……！」

「貝里烏斯你也該看看場合吧。」

「什麼？給獎賞？那小子不是應該去死嗎？」

「我決定了，就在那傢伙的鞋子裡偷偷放圖釘好了。」

我說，你們沒事說那麼恐怖的話是怎樣？你們不是夥伴嗎？

「恭喜您，閣下。第一次出戰就討了好彩頭，是我們戰勝了。」

沒辦法跟上部下節奏的我正感到困惑，就見到卡歐斯戴勒在這時對我深深一鞠躬。看來這個第七部隊實質上的領頭其實是這個宛如枯木的男人。

「那、那當然！這可是我指揮的部隊！」

「閣下果然有一套。不能拜見閣下的實力令人遺憾，這就當作往後的樂趣，期待下一次的機會到來。」

「不，就別期待了。這樣我很難為情。」

「不，請容屬下抱持期待。就趁著這次勝利，快快挑起戰爭吧。下一次的目標就找蓋拉·阿爾卡共和國好了。」

已經夠了。我已經很滿足了。剩下那三個月我想找個地方窩著。雖然很想把這些話說出口，可一旦說出口就會招致懷疑的目光，到時候會死翹翹。此時在一旁待命的女僕過來在我耳邊說悄悄話。

「……可瑪莉大小姐，這種時候乖乖答應比較好吧。」

「唔……」

我好頭痛。在這沒有半個人顧慮我真正的想法，那讓我覺得有點寂寞，該說是難受。

「來吧，閣下！馬上返回七紅府，來擬定下一次的戰爭計畫吧。現在不是發愣的時候。閣下您總有一天是要征服世界的！」

某人還說我有一天會征服世界了。

在心裡如此吐槽之餘，我也領悟到自己無處可逃。

「對、對啊！好，大家都做得很棒！先跟你們講明白，我們可沒有休息的餘地喔！因為我已經答應你們，成了我的部下，沒有一個瞬間是不流血的，天天都能享受這樣的樂趣！來吧，我們凱旋回歸姆爾納特宮殿！拖拖拉拉的傢伙，小心一秒被我變成田地裡的肥料！」

這話才一說完——

唔喔喔喔喔喔喔喔喔喔喔喔喔喔喔喔喔喔喔喔喔喔喔喔喔喔喔————

現場再度揚起足以衝破耳膜的歡呼聲。

好想去死。這些傢伙未免太配合了吧。

「請問！可以占用一點時間嗎⁉」

正認真考慮要不要去上吊，我突然就聽見有人高聲說了這麼一句話。這話出現在現場實在太過突兀了，讓我驚訝地回過頭。

有一名嬌小的女子帶著紙筆和照相機，一臉燦笑的她正看著我。她有一身宛如白雪一般的透白肌膚，我猜有可能是白極聯邦的蒼玉種。

「我是來自六國新聞的梅露可・提亞！不好意思，您就是姆爾納特帝國軍的新任七紅天，黛拉可瑪莉・崗德森布萊德大人對吧⁉方便讓我採訪您嗎⁉」

好近。臉靠太近了啦。唔哇，眼睫毛好長——不對不對，那種事情有什麼重要的！

這個人在搞什麼。說真的，我不太會應付這種過分主動的人……困擾不已的我偷偷看向背後。

只見薇兒默默無語地望著我。卡歐斯戴勒則是面帶笑容點頭再點頭。該不會是那樣吧？是要我接受採訪的意思？真是的，拿他們沒辦法！

「我、我知道了。想問什麼就問吧。還有，妳能不能先離遠一點。」

「謝謝您！」──她貼得更近。

喂──咿！就說不要貼那麼近了！現在鼻子跟鼻子都撞在一起了！

「事實上，我完全不了解黛拉可瑪莉大人是怎樣的人物，一直很困惑。那正好，請容我提出一些問題。先開門見山問了，您是如何當上七紅天的!?聽說您來自那個崗德森布萊德家族，這是真的嗎!?跟皇帝陛下是什麼樣的關係!?喜歡的食物是什麼!?喜歡的動物呢!?之前您都在哪裡做些什麼!?聽說您有用小拇指殺過百名吸血鬼，這傳聞是真的嗎!?今後您希望展開什麼樣的戰爭!?有沒有男朋友？第一次接吻是──」

──好、好煩啊啊啊啊啊啊！

「好了啦別貼著我！」

「呀！」

我反射性推開那名記者，鼓足勇氣對她這麼說。

「強者是無法用言語形容的！所以妳才會那麼困擾吧。很想在新聞稿上寫一堆東西是吧！那我就稍微透露一點。我接下來要實現的，是單純至極的霸業！簡單講──黛拉可瑪莉・崗德森布萊德要靠武力將其他五個國家的大將軍全都幹掉，向全世界宣揚姆爾納特的國威！聽懂了吧！還有我喜歡的食物是蛋包飯！以上！」

說完這些的同時，我累得上氣不接下氣。

這也難怪。從昨天開始就發生太多事情。被變態女僕強行帶到房間外，還被可怕的部下們當成神來崇拜，最後甚至成了戰爭的指揮官。此等案件，根本不是我這種劣等吸血鬼有辦法處理的。

可是──莫名其妙的是，周遭眾人似乎不這麼想。

「好、好厲害……」

那個在當記者的女孩子整個人跌坐在地上，愣愣地張著嘴。我完全不懂，是哪裡厲害了。剛才那些話都是我隨便想隨便說的。

就連那些在一旁觀望進展的部下也睜著亮晶晶的雙眼，開始說些有的沒的。

「啊啊，這才叫做七紅天。」「真不愧是最強的吸血鬼。」「原來天底下還有如此充滿戰意的將軍。」「這會在歷史上留名。」「肯定沒錯。」「要展開新的傳說了。」「真慶幸能跟閣下出生在同一個時代。」「感謝神。」

好莫名其妙。

……只不過，針對他們把我想得太好這點，也許那樣會更好吧。這是因為，一旦我很弱小的事情穿幫，到時候肯定會被殺掉。

不對，是說——在被殺掉之前，大概會先被壓力壓死吧。

如此這般，對將來感到悲觀的我，嘴裡發出也不知是今日第幾回的嘆息。

隔天。
在我的房間。
我的床鋪上。
我被惡夢驚醒。
那個夢恐怖得要死。
就是我真正的實力（弱到爆）被大家看穿，被他們抓去倒吊起來。
之前很仰慕我的那些部下都用不屑的眼光盯著我，好像在看殺父殺母仇人一樣，我哭著大叫不要不要，他們不管我，把我丟進煮沸的鍋子裡。
經過細心調理的我成了日式炸雞套餐裡的炸雞塊，被端上餐桌，而且還有個少女用舌頭舔舔嘴，說道「看起來真美味」，那人不管怎麼看都是薇兒無誤。這個變態女僕果然對我的命令一丁點都不予理會，帶著滿面笑容將我吃下肚——

「早上好，可瑪莉大小姐。」

「唔呀!?」

當我以為自己會沒命而醒過來的瞬間，差點真的被嚇死。

因為變態女僕偷偷鑽進我的被窩。

當下我第一個反應是打算逃跑，卻突然被對方抱住肚子，害我無法動彈。

「妳、妳怎麼會在這！」

「您都不記得了嗎？不是別人，正是可瑪莉大小姐誘惑我和您一起同床共枕的。啊啊，光是回想起昨晚的激情，身體就開始發燙。」

「我不記得自己有這樣誘惑妳！」

「啊嗯～」

我把變態女僕推開，後退到牆壁那邊，就好像遭遇天敵的貓一樣，展露凶猛的模樣威嚇對方，是說這傢伙完全沒穿衣服啊！再怎麼狡辯也沒用了，這個大變態！

「妳這人……都對我做什麼了……？」

只見薇兒面帶妖豔的微笑如此說道。

「多謝招待。享用起來非常美味。」

我身上有股寒意，還不如讓我變成炸雞塊被吃掉。

「哎呀？若是您會覺得冷，我可以溫暖您的身體。」

「不、不用！我看妳才該早點把衣服穿上！會感冒的！」

「……您討厭『百合』嗎？」（註1）

「百合花？沒特別討厭啊，為什麼現在要提那個……」

「這樣啊。那就好。」

奇怪的是，薇兒臉上浮現看似喜悅的微笑。感覺我們兩者之間似乎存在令人絕望的認知差異，但是繼續想下去太累人了。大概是我想太多了吧。

這時薇兒在床上直立，就地轉了一圈。光是這麼做，她立刻就從全裸狀態換上女僕裝。好像在變魔術一樣。

「……對了，妳來這裡做什麼。」

被我這麼一問，薇兒馬上從床鋪上跳下。

「來跟可瑪莉大小姐恩愛……」

「那個不用再提了！」

「來跟可瑪莉大小姐做愛……」

「問題不是出在說法上啊！」

一大清早的說這什麼東西，害我連要吐槽都累了。

註1　日文的百合有時意指女女戀。

但先不管這個。

「回答我。妳怎麼會跑來這裡？」

「原因有兩個。」

薇兒在回答的時候立起兩根手指。

「第一個理由，因為我原本就是可瑪莉大小姐的專屬女僕。從早到晚無論何時都要在可瑪莉大小姐身邊侍奉，這是我的義務。」

「用不著侍奉也沒關係。」

「另一個理由在於，有件事情無論如何都想通知可瑪莉大小姐。今天早上的新聞內容非常有趣，於是我就迫不及待破門而入了。」

「妳把門弄壞了!?」

這一看，才發現不成門形的門扉殘骸就掉落在地面上。這不是犯罪是什麼。叫這個傢伙變態女僕已經不夠了，她升格為變態犯罪女僕。

「可瑪莉大小姐，先別管門了。請您看看報紙。您看，上頭有刊載昨天的照片。」

「在說什麼啊！現在哪是看新聞——嗯？」

我一看見薇兒拿過來的那疊紙，門的事情就全被我拋到腦後了。這怎麼可能。

我不信那是真的。占據整面頭版的，是我每天早上照鏡子都會看見的美少女，一億年來難得一見的那個。而且這份新聞稿不管怎麼看都——

『新七紅天誕生「要把全世界做成蛋包飯」

姆爾納特帝國的新七紅天黛拉可瑪莉・崗德森布萊德大將軍在八日當天，和鄰國拉貝利克王國作戰後漂亮獲勝。緊接在二日當天被殺害的奧格斯・努派耶前大將軍之後，該名大將軍於七日繼任……（中間省略）……成為敵軍敗將的拉貝利克軍總主帥哈迪斯・蒙爾基奇中將表示「絕對不會放過她。總有一天要狠狠凌辱她」，顯然有意做報復性戰爭。相對的大將軍卻說「我最喜歡蛋包飯了。會把其他五個國家的將軍全都殘殺殆盡，在他們身上狂野地撒上番茄醬，把內臟全部挖出來，弄得像蛋包飯一樣。」顯露出凶殘的殺意……（以下省略）』

這怎麼看都是不實報導吧————!?

一般人會這樣曲解別人的話!?我最後會附加那句「喜歡蛋包飯」，是想說多回答一個問題也沒差，展現我的服務精神，完全沒有包含任何隱藏性的殘酷訊息！那個人未免想太多了吧！

「可瑪莉大小姐這張照片拍得真上相，看起來好像非常邪惡的帝王。」

「說拍得爛死了才對吧！這完全是在煽動其他國家!?」

ブッッ
全世界をオヒゲイ人にしてやる!!
プププー
© riic

「的確是呢。眼下看來問題人物是鄰國的那個黑猩猩。畢竟他在全國性報紙上堂而皇之做出犯罪預告。」

「不要啊啊啊啊啊啊啊啊啊啊啊啊！」

我狂抓頭倒在床鋪上。怎麼會這樣。虧我還想接下來這三個月可以回去窩家裡，這下子其他那些被激怒的國家一定會跟我們宣戰不是嗎！媒體還真的都做些亂七八糟的事情，可惡！

「敬請放心，可瑪莉大小姐的貞操由我來守護。」

「妳才是讓人最不放心的！」

將那個連最後一丁點的矜持都不剩，跑來跟人同床共枕的薇兒趕下床，我用毛毯包住自己，開始逃避現實。我怎麼可能去作戰啊。我決定了，已經都想好了，不管是誰來，不管他說些什麼，我都決定要當家裡蹲！

「可瑪莉大小姐，關於今天的預定行程。」

「啊——啊——我聽不見，今天要放假休息——」

「雖然沒有要跟人戰爭，但可不能休假。七紅天有每天都要出勤的義務。」

「那我就裝病。妳去幫我跟大家打聲招呼。」

「又不是要去上學——若是您打算一直包在棉被裡，那我也有對策喔？」

「……哼，我警告妳，想用暴力把我帶出去是沒用的。還有妳只要靠近我一步，我會立刻把防盜器弄響，又哭又叫喔。」

「『草莓牛奶方程式』。」

「……………」

我的動作頓時間停擺。

喂，那不是──

「『好想談談看像草莓牛奶一樣的戀愛。』」

「……………」

「『甜美又甘醇，一點都沒有狠狠玩弄舌頭的刺激感，非常溫馨、安詳，就像沐浴在陽光下的戀情。』」

「……………別──」

「『人家可能會笑我故事看太多了。可能會說世上不可能有這樣的戀情。我一開始也這麼想。不過──自從遇到那個人之後，我的世界真的就變得像草莓牛奶那樣，染上了粉紅色。』」

「別唸了啦──────!?」

我從丹田深處發出靈魂的咆哮。

還下意識從床鋪上大跳躍，撲向那個變態女僕。可是面對擁有壓倒性腕力的女僕，我根本什麼都做不了，當我發現的時候，整個人早就被她牢牢抓住，全身行動都被封住了。

距離近到對方吐出的氣息都噴在我身上，外加一個邪惡的笑容。

「很有趣呢，可瑪莉大小姐的力作。」

「啊、啊、啊啊啊——」

我的臉變得像岩漿一樣滾燙。

嘴巴開開合合好幾次，最後總算擠出一些話。

「妳是在哪……找到那個的。」

「去翻這個房間的垃圾桶就發現了。」

「…………」

「這是您不要的嗎？我還有先影印起來保管。」

「…………」

「話說您會寫戀愛小說，我好驚訝喔。您有相關經驗嗎？」

「…………」

「不過話又說回來，假如您真的要直接蹺班，我會把這份小說拿去宮廷那邊公開，可以吧？當然還會附帶作者的名稱。」

「…………」

「咦？可瑪莉大小姐，您聽得見嗎？可瑪莉大小姐——」

我在這時一把抓住薇兒胸口的衣服。應該說是掛在上面。

然後我用盡所有的力氣，咬牙切齒地懇求。

「……不管妳說什麼，我都言聽計從。求求妳了。不要、跟任何人說。」

噗滋。

不知道為什麼，女僕在這時噴發鼻血。

☆

那接下來，該來進入思考時段了吧。眼下最大危機就是被那個變態女僕掌握弱點。這樣下去上下關係將會完全確立，以後就慘了。一旦她提起小說的事情，不管那傢伙做出怎樣的變態行徑，我都沒辦法法反抗。這點非常不妙，要想想辦法才行。

對策一：把那傢伙持有的小說影印本焚燒掉——駁回。記憶力好過頭的變態女僕會把內容完整背起來，將那些稿子都燒掉也沒意義。

對策二：抹除變態女僕的記憶——駁回。我沒辦法使用消除記憶的魔法，用物理手段毆打，打到她失憶，這樣有點可憐。再說我的力氣也沒那麼大。

對策三：反過來掐住那傢伙的弱點——採用。現階段只能想到這一招。找到能夠跟我的小說相提並論的醜聞，或是更大的，如此一來立場將有機會逆轉。就好比是——年紀都這麼大了還會尿床。很好。那接下來就要無時不刻觀察薇兒。可以的話連睡覺都睡一起會更好。盯死她。

「可、可瑪莉大小姐……您那樣看我，我會害羞的……」

「別發出那種噁心的聲音啦！」

不行，這傢伙魔高一丈。

好吧，雖然找到變態女僕的弱點確實是十萬火急的要務，但首先還是先來檢討迫在眉睫的問題好了。

那就是工作上的事情。

就在當下，我人正待在七紅府的辦公室裡。

姆爾納特帝國有七個七紅天，每個人都會分到專用的房間。說起我的辦公室，在大到誇張的七紅府中位居最高層，是頭等室，從窗戶外面看出去，能夠將遼闊的帝都街景盡收眼底——可是我沒空在那開開心心欣賞這種美景。非常遺憾，我必須勞動。

「——那接下來，我該做什麼才好？」

「是。接下來要請可瑪莉大小姐跟底下的人開會。」

這讓我不禁皺起眉頭。之前不是已經見過面了嗎？——我的心思似乎被薇兒完全看穿，她慢慢搖了搖頭，嘴裡接著說道。

「這次開會的目的，是要跟尉官級以上的幹部加深情誼。那些小混混未來都有機會成為可瑪莉大小姐的左右手，趁早跟他們一起開會沒什麼損失。」

「我說妳，剛才罵人家是小混混吧？不是在說什麼混拌小菜？」

「是在說小混混沒錯。動不動就想以下犯上，都是些如假包換的小混混。」

「是嗎是嗎？那我去上一下廁所。」

我的肩膀被人一把抓住。

「放——開——我——！我還不想死！」

「『草莓牛奶。』」

然後我又坐下了。

薇兒一副公事公辦的態度，開始說明今天的預定行程。

「尉官階級以上的隊員，除了我共有四個人。可是其中一個人已經死掉了，沒辦法出席。」

「大家最好都死一死。」

「於是本日可瑪莉大小姐的工作，就是跟著三個幹部商談，決定今後的方針。很簡單對吧？」

「哪裡簡單了……」

我的臉皺成一團。這不能怪我，因為一不小心出錯就會死翹翹。

但開會又該說些什麼才好？叫我討論今後的方針，我一點主意都沒有，基本上我完全都沒有軍事方面的相關知識（戰略除外），我一定會沒話講。不對，就算有相關知識好了，還是不會講話吧。

「沒問題的。可瑪莉大小姐只要坐在椅子上說些話，像是『嗯』、『原來如此』、『有道理』等等，然後隨便點點頭就可以了。光是這樣，部下就會很崇拜妳吧。」

「這樣行不通吧？一旦被人發現我很無知，他們搞不好就會以下犯上……」

「既然您這麼不安——那就這麼辦吧，不管三七二十一先給他們獎勵。若是進展順利，也許還能抓住部下的心。」

「要怎麼獎勵他們，他們才會開心？」

「如果是我的話，只要給我一個獎勵的擁抱，我就會絕頂高潮。」

「又沒人問妳。」

那不然就打安全牌說「你一直都很努力好棒喔～」好了。按照常理來想，被上司慰勞，做人部下的都會開心才對。只是我很懷疑所謂的常理，套用在那些傢伙身上是否適用。

「那麼，關於今日的面談對象。」

這時薇兒從檔案夾中取出三張紙放在桌子上。看樣子是履歷表。

「首先請您確認他們的相關資訊。這樣談起話來會比較投緣。」

「原來是為了這個……唔哇，薇兒妳看。這個人是狗耶。」

履歷表中有一份貼了狗的大頭照。這看起來完全就像狗，害我不小心笑了一下。話說回來，這個人（？）好像在昨天的戰爭中幹掉那個大猩猩。多虧有他，我就不用上戰場作戰了，嚴格說來算是我的救命恩人。很好很好，發現值得獎勵的點了。

「這位是貝里烏斯・以諾・凱爾貝洛中尉。以前待在第六部隊，犯下殺人罪才被貶到第七部隊。」

「這傢伙沒問題嗎!?」

我整個人直接撲倒。簡直就是一條喪心病狂的狗。

不對先等等。說到我率領的這個第七部隊，有聽說過都聚集了一些在其他隊伍引發問題的人，儼然是個目無王法的集團。也就是說——

「那、那這個人……」

「他是卡歐斯戴勒・康特中尉。因為被人懷疑誘拐幼女才被下放。」

「那就是真的罪犯啦!?」

「這位是梅拉康契大尉。因宮殿爆破未遂被下放。」

「怎麼會放恐怖分子在外面到處亂跑!?」

我的頭開始暈了。

事到如今說這些都太遲了，但我是不是來到不得了的地方任職啊……？

臉色發青的我癱坐在椅子上（超柔軟超豪華的椅子），結果有隻手放到我的頭上。不知為何，薇兒在摸我的頭。

「您用不著擔憂，如果有人想要加害可瑪莉大小姐，我會立刻把他做掉拿來當炭火燒。」

「薇兒，妳……」

「來吧，趕緊來準備跟部下開會吧。用不著擔心，有我跟著您。」

薇兒面露微笑對我那麼說。我很感激。雖然這傢伙是無藥可救的變態，但是支援我的這部分工作都做得有模有樣。

是不是該跟她說聲謝謝。

「謝、謝謝妳，薇兒……」

「——呼啊啊啊！好香的味道、真香！可瑪莉大小姐的頭髮太香了！要聞果然還是別聞枕頭，聞本人更棒！啊啊受不了，被這宛如草莓牛奶的香甜味包圍，都快升天了——嘶——哈——嘶——哈——」

「本世紀最嚇人！」

神不知鬼不覺間，原本在摸我頭的手，老早換成鼻子了。

果然還是不該跟她道什麼鬼謝。

☆

十分鐘後，被薇兒召集過來的第七部隊三名幹部來到我的辦公室裡。那幫人才剛踏進來，房間內的氛圍頓時風雲變色，這點不言自明。我覺得自己好像被丟進關了肉食獸的牢籠。這些傢伙真的好可怕。早知道應該跑去廁所。

那三人在我眼前排排站，我偷偷觀察這幾個人。

右邊。站了卡歐斯戴勒・康特。身形宛如枯木一般，臉上皮笑肉不笑的變態。

正中央。貝里烏斯・以諾・凱爾貝洛。長了狗頭外加渾身肌肉的殺人魔。

左邊。梅拉康契。外型上酷似吊兒郎當的饒舌歌手，是個恐怖分子。

……這下我可能小命不長。

「閣下別來無恙。不知您今日有何要事。」

這時卡歐斯戴勒帶著一臉笑意開口。這傢伙很危險，長得就是一副誘拐幼女的罪犯樣。我不是幼女不會有事，但最好還是小心為妙。除了特別注意以免讓對方發現自己很緊張，我還「嗯」了一聲並點點頭。

「總之你們先坐下。」

「……………」

「怎麼啦？不用那麼拘謹沒關係。」

然而部下們都沒有動靜。

正覺得奇怪，貝里烏斯就一臉難以啟齒地開口道「閣下……」。

「這裡沒有椅子。」

居然忘記準備啦——————!?

這下子他們對我的印象會不會爛到爆!?要部下直接坐在地上，自己卻大剌剌爽坐高級椅子？這年頭還沒看過那麼傲慢的傢伙！這攸關人權問題呀！

「說這什麼話貝里烏斯！閣下都叫你坐了，閉嘴乖乖坐下是我們隊員應盡的職責！就算沒有椅子沒有坐墊，即便上刀山下火海、甚至是要坐在閣下的膝蓋上都不能有怨言！」

「耶——！狗就要像狗乖乖坐下，貝里烏斯卻厚臉皮要鋪坐墊。」

「你說誰是狗！」

「砰！」的一聲，一記拳頭直接砸向梅拉康契的臉。拿拳頭砸他的貝里烏斯則是換上惶恐的態度向我鞠躬。

「恕屬下失禮！請容我坐下！」

三人立刻當場跪坐。

不不。

不不不！

光是剛才這段橋段，欠吐槽的點就有五、六個啊!?我已經不安到連忘了準備椅子都覺得不重要了——雖然是那樣，在這種時候一蹶不振是沒辦法擔任七紅天的。我要自己重新振作起來，抬高音量開口。

「那、那麼！百忙之中把你們召集過來不為別的，雖然突然，接下來想要召開第一回幹部會議。有關今後第七部隊的營運，必須先制定確切的方針。」

「幹部會議！這個字眼聽起來真不錯。」

卡歐斯戴勒在這時興奮地開口，貝里烏斯和梅拉康契看上去似乎也挺開心。很好，目前給他們的印象不錯。

「基於這點，這就來問問你們——諸位今後有何打算？」

「想要永無止境作戰。」——這話來自貝里烏斯。

「希望能親眼目睹閣下的活躍表現。」這是卡歐斯戴勒說的。

「想要跟閣下比饒舌！耶——！」再來是梅拉康契。

最後那個人好謎，但我大致上都理解了。

總體來說，第七部隊的成員個個都是理智先擺一邊的狂戰士。

「原、原來如此。總之你們希望發動戰爭就對了。」

「正是如此。」

卡歐斯戴勒接著聳聳肩續道。

「閣下您也知道吧？我們可瑪莉小隊，絕大多數人都是在其他部隊引發某些問題才會被降調，都是些激進分子。之所以會引發那些問題，導火線大多都是出自對戰爭產生的無盡慾求——就好比是因為受到颱風影響導致戰爭暫停，這個時候滿肚子怨氣無處發洩，就跑去鎮上大肆作亂，或是碰到敵營的將軍在要戰爭的前一刻突然說不打了，就不分青紅皂白跑去暗殺他，基本上都是像這樣的。」

然後你是誘拐幼女。

這個吐槽就先免了，假如卡歐斯戴勒說的都是真的，那第七部隊根本不像是軍隊，而是無法可管的犯罪集團。跑去暗殺是在演哪齣。這樣不是違反國際公約嗎？

「……大致上的情況我都明白了。你們是太想作戰想得不得了吧？」

「是的。」

「嗯嗯，也是啦。你們的心情我感同身受。畢竟我也是軍人。有的時候就會突然熱血沸騰一頭熱，想要找個人來對戰一下。」

這當然是在說謊。然而——

「那麼閣下，可否請您明天和我過招。」

然而那隻狗卻用期待的目光看我。

這害我瞬間僵硬了一下。

「——你、你還早個百億萬年！想要跟我作戰，等你先把其他國家的將軍全都殺光了再說！到時候我若還有興趣，再來陪你過招！」

「這樣啊……」

那對狗耳朵失望地垂下。有點可愛——不對啦，我快醒醒！這傢伙可是比起吃飯睡覺遊玩更重視殺人的瘋狗！

「耶——！被人拒絕的瘋狗搖搖晃晃坐下。認清社會殘酷乖乖坐好噗！」

那個饒舌混帳被人打臉飛了出去。這幾個人的關係讓人看不懂。

我重新正色，把話說下去。

「總、總而言之！就算沒召開這樣的會議，諸位似乎也早就已經拿定主意了。那好，我們就發動戰爭。就讓我們開戰，戰到你們滿意為止吧。」

但我附加一句「不過」。

「我這個人不打無聊的仗。想要以量取勝是可以，不過戰爭的質量還是很重要。因此沒有辦法挑起足以滿足我的戰爭，我就不會實際參加戰鬥。只會在大本營這邊下達命令。」

「這、這怎麼行。閣下……！」

「別怨我，卡歐斯戴勒。不打無趣的仗——這是我個人的堅持。想要開多少戰都會讓你們開，但基本上去打拚的只有你們。」

「……屬下、遵命。」

卡歐斯戴勒似乎仍頗有微詞，但其他那兩個人看上去好像沒什麼意見。很好很好，被我順利誘導了。他們兩個基本上好像只要能戰就滿足了。

此時薇兒突然來到前方說了這麼一句。

「那麼關於今後的預定事項，將會由我薇兒海絲來調整。若你們有任何意見，我都會盡可能協助處理，勞煩各位告知。請你們多多指教。」

她拉起裙襬優雅地行禮。這讓我有點刮目相看。還以為這傢伙專門只會玩些下流梗，原來認真起來還是能有正經表現。

先不管那個了，這下子會議總算結束了吧……意外地雲淡風輕。一直神經緊繃的我好像白痴一樣。很好——我要趕快回去，來寫小說的後續。

「——緊接著，將由黛拉可瑪莉閣下來給各位頒發獎賞。閣下對於你們之前和拉貝利克王國作戰的活躍表現給予高度評價，決定要獎勵你們的辛勞。除去跟軍事或戰鬥方面有關的事項，她說不計任何內容，願意答應你們一個請求，請各位不用客氣，將你們藏在心裡的慾望吐露出來吧。」

「喂喂喂喂!?」

我趕快把薇兒拉到房間的角落，帶著一對布滿血絲的雙眼逼近她。

「還弄什麼鬼頒獎時間！我不是已經可以回去了嗎!?」

「先前有提過吧。若是給他們獎賞，以下犯上的可能性就會降低。」

「話是這麼說沒錯……是沒錯啦……」

「沒問題的。可瑪莉大小姐可是那些小混混的頂頭上司——而且還是七紅天喔？想必他們不敢提出太造次的訴求吧。假使真的有人敢說『讓我聞聞您的味道』或是『請讓我揉您的胸部』，只要把他們判死刑就行了。」

「那我可以把妳判死刑嗎？」

「我跟您是屬於情投意合。」

「我可不記得自己有跟妳情投意合過！妳這傢伙根本——」

「閣下！」

聽到有人叫我，我回過頭。看見卡歐斯戴勒臉上堆滿笑容，正在看我。

「你、你怎麼了卡歐斯戴勒。」

「沒什麼，就覺得閣下真是心胸寬大。居然說提什麼請求都能答應。」

我原本根本沒打算說那種話。可是事到如今要收回也不可能了。

「……嗯。這是因為，我覺得應該要賞罰分明。」

「太棒了！從前似乎都沒有過如此替部下著想的七紅天！閣下果真是閣下中的

閣下，是閣下 of 閣下！」

這個人在鬼扯什麼？

「那麼有請您立刻替我實現願望。」

於是那個笑咪咪的卡歐斯戴勒就開始凝聚魔力。我還以為會被他殺掉，變得渾身僵硬，結果他發動的是上級魔法「魔界之門」。這是一種空間魔法，可以把物體收納到虛幻空間中，是很方便的魔法。即使是在宮廷裡任職的魔法師，會使用的人頂多也只有兩到三個。這個像枯樹的男人，可不單純只是個變態而已。

我緊張地吞吞口水，僵硬了一陣子後，卡歐斯戴勒從那個空間中取出某樣東西。

這是——照相機？

「那就請您讓我拍照。來吧閣下，請您笑一笑。」

「咦，為什麼要……？」

喀嚓。他沒頭沒腦就拍了……喂，你是不知道有肖像權這種東西喔？

「嗯——認真的表情也很不錯。但這種時候更希望拍到笑臉。閣下，屬下知道提出這種要求很沒禮貌，但請您再表現得柔和些。」

「先給我暫停一下，為什麼要拍照片？」

「為什麼？因為這是我的願望啊。」

「…………」

「別誤會別誤會，我並沒有要把照片用在不入流的地方喔？眼下姆爾納特帝國軍的新進人員越變越少。於是我左思右想，得出一個結論，那就是閣下的存在正好是一個很棒的材料，可以用來吸引人們。可以拍下照片做成商品，例如製作成月曆或海報販賣，大家就會發現原來軍隊裡還有這麼可愛甜美的——說錯，是可以昭告世人軍隊裡還有如此威武的將軍大人，然後特別喜歡美少女的人就會——又說錯，那將能夠對具備勇氣的年輕人起到召集作用。不單只是這樣而已。如果市面上充斥相關商品，本隊的知名度也會跟著提升，賺到的錢將能夠貼補軍事開銷。就是這樣，因此拍這些照片絕對不是要拿來私用的。這是真的喔。」

除了找一堆像是藉口的話來搪塞，卡歐斯戴勒還馬不停蹄猛按快門。喀嚓。喀嚓。喀嚓。

「我記得能提的願望就只有一個吧？你拍好幾次未免有點……」

「話不是這麼說。我的願望是『開辦閣下攝影大會』，加起來算一套。」

那什麼謬論——我說薇兒，可以把這傢伙處死吧？

「既然要拍攝，那就再多增加一些服裝選項吧。剛好我這邊有女僕裝跟學校泳裝還有幼稚園制服。」

「好，判死刑——！妳也死刑！」

一發現被人背叛，我就以脫兔之勢試圖逃走，結果被女僕抓住手拖過去，手放在我的下巴上，還在耳邊輕語「草莓牛奶」，然後我就高潮了。說錯，是憤怒達到最高點。不快點掌握這傢伙的弱點就死定了。不是開玩笑，是真的會死。

「開什麼玩笑，我可沒容許他做這種事！」

「可是可瑪莉大小姐，若是沒有乖乖照辦，部下會對您失望喔。如果他很失望就會以下犯上呢。這樣也沒關係嗎？」

「咕、唔、唔。」

「不太好對吧。既然這樣不妥，就請您快點換裝。這裡有各式各樣的性感服飾，您要全部穿上，就那麼辦吧。」

「這個變態女僕————！」

毫無招架之力的我就這樣被女僕拉走。

☆

接下來那段時間，這裡展開一場地獄般的時裝秀。

「既然要我穿，怎麼不拿普通一點的……」

我這個極其正當的要求根本沒人管，被迫穿上蕾絲多到不行的衣服，不然就是太過暴露的服裝，然後遭人猛按快門拍攝，當我終於解脫的時候，整個辦公室已經都被紅澄澄的夕陽灌滿了。

我以後嫁不出去了。趕快回家躲起來好了。

可是這時卻有個男人溜到我面前擋住我去路。

「耶——！饒舌對決！」

「……咦？」

「饒舌對決！」

我好絕望。

這才讓我想起來，我有義務要實現那三個人的願望。可是你卻要我跟你饒舌對決？這會不會太蠢啦？咦，薇兒妳說什麼？這傢伙在幹部之中是最危險的，還是配合一下比較好？啊啊可惡，要比就來啊臭恐怖分子！

——當我這麼想的時候，可能心態上也變得有點怪怪的了。

「耶——！閣下的興趣是殺人嗎？是讓紅色的花盛開嗎？我的興趣如妳所見，一年三百六十五天不管在哪都很嗨。血祭饒舌歌手就是梅拉康契，我一唱歌大家就痛苦。只有妳跟我能搭上線，我們一起殺光所有人？」

「YO！YO！雖然我不懂但是聽起來很危險！等這些都結束真的會死！我是最強的可瑪莉將軍，降臨在暗黑帝國的明君！任何敵人都要求我饒命。不管是誰都得追隨我！你仰慕的是誰？我熱愛大家！耶——！」

情況就像這樣，我唱饒舌歌唱了一小時左右。

等到結束，天都已經黑了。全身疲憊不堪，可是梅拉康契卻露出容光煥發的笑容，就別計較了吧。是說跟人比完饒舌後，緊接著我馬上跟貝里烏斯對上眼，害我有點嚇到。原本以為他也會提出奇怪的要求，但他意外地只說「我的願望先保留」。總體來說那隻狗最正常。

於是第一回幹部會議結束了，可喜可賀——

不過這個會議到底是在開什麼啊。

怎麼會變成攝影大會跟饒舌對決？是不是跟宴會搞錯了？

然而薇兒這麼說。

「今天的會議非常成功。您確切實現部下的願望，成功獲得他們的支持。想必日後這份成果將會以肉眼看得到的形式顯現出來。」

以上是她的說法。

我聽得也是沒頭沒腦，還是早早回去睡覺好了。我都快累死了。

## 2.5 暗夜中的狐面

Hikikomari the Vampire Countess no Monmon

「——真令人不解。」

幹部會議結束後。

漫步在七紅府的走廊上，貝里烏斯・以諾・凱爾貝洛一個人自言自語。

時間來到晚上八點。太陽早已沉入地平線下，從窗外看出去，能夠瞻仰那座被一片濃密暗藍色包圍的姆爾納特宮殿。簡直就像是夜間帝國的完美寫照。

「——不解？是說閣下的三圍嗎？」

「你在說什麼啊。」

走在他身旁的卡歐斯戴勒突然冒出一句沒頭沒腦的話。這傢伙明明就有戰鬥方面的天資，卻會脫離常軌做出奇怪的事情。

「不然是在說什麼？」

「在說黛拉可瑪莉閣下本身。那位大人確實很有領導者的魅力——可是實力深不可測。好比她一眼就看出你是變態。」

「你是說不懂閣下這個人。」

「對。言談之中都會散發出跟年齡相符的稚嫩氣息，但整體來說，散發出的氣場卻非比尋常。這很難用一句話來形容。就像是……光是跟她面對面，就覺得汗毛直豎。感覺上很像是在面對一個壓倒性的強者。」

「嗯——這麼說來，閣下完全沒有將自身魔力顯露出來。彷彿是身上不具備任何魔力似的。若要反過來說這點詭異，確實是詭異。」

接著卡歐斯戴勒就古怪地揚起嘴角，手裡還在摸那臺照相機。趕快把這傢伙逮捕也是為了世人好、為了這個世界好。

「不過那又如何？閣下就是閣下。不多不少。只要那位大人能夠讓我們體會戰爭的歡愉，又有什麼好挑剔的。」

「話是這麼說沒錯……」

沒辦法摸清對方的底細就不能信任——這種一般人該具備的情感，貝里烏斯還是有的。不，正是因為他第六感敏銳，才會有那種想法吧。換成其他那些隨處可見的雜兵——好比是占據第七部隊九成的笨蛋們，他們大概完全不會有任何疑念，只會說「閣下最棒——！」一直很崇拜她。實際上也很崇拜沒錯。

「不過，我也不是不懂你的顧慮——事實上，我有去調查過閣下的身世。」

「怎麼查？」

「我去偷翻政府單位的紀錄資料。」

「……這違法吧。」

「哎呀沒關係，這部分你就當沒看到嘛——總之我調查完發現一件事。就是黛拉可瑪莉・崗德森布萊德這號人物，身上可是疑雲重重。」

「怎麼說？」

「一部分經歷很不自然。十二歲以前還跟一般的女孩子一樣，有去學校上學，修習魔法，但十二歲之後——也就是從三年前開始，相關資訊都變成一片空白。」

「會不會只是沒什麼特別需要記載的？」

「我一開始也這麼想。但事情好像沒那麼簡單。」

一面說著，卡歐斯戴勒將一張薄薄的紙拿出來。是上面寫著密密麻麻文字的羊皮紙。沒什麼學識的貝里烏斯如果要全部看完，似乎得花一些時間。

「這是什麼？」

「宮廷的機密文書。」

他差點昏倒。為什麼這傢伙會有那種東西？

「上面記載了三年前某事件的詳細經過，但並沒有對世人公開。而是被政府掩蓋掉，成了不為人知的歷史。」

「……這跟閣下有什麼關聯。」

「整起事件的犯人就是閣下。」

「啊？」

「三年前帝立學院曾發生過襲擊事件。學院這邊出現三十名死者，當時出動帝國軍第三部隊鎮壓，死者七十名。全都被一根小指頭殺掉。」

就連不問世事的貝里烏斯也知道這件事情。三年前突然爆發一起學院血洗事件。犯人據說就是那個學院的學生，在此事的推波助瀾下，當時的新聞和週刊雜誌都把這件事情報導得特別聳動、駭人聽聞，他依稀記得有這麼一回事。不過——

「等等，那起事件的主謀應該是別人吧。」

「犯人被調換了。原本應該被報導的犯人是『黛拉可瑪莉・崗德森布萊德』，報導出來的人名卻是毫不相干的『米莉桑德・布魯奈特』。就連這個叫做米莉桑德的人是不是真有其人也說不準。」

「我不明白。」

「我也不明白——只不過，這個叫做黛拉可瑪莉・崗德森布萊德的少女，在三年前曾經挑起前所未見的大虐殺事件。」

這讓人背脊發寒。

假如那個消息是真的——那究竟是怎麼一回事？

「不曉得那位大人為什麼會引發這種事件。可是在這個事件發生後，閣下似乎就從學院中輟，再也沒有出現過。」

「跑去哪？」

「不曉得。既然政府出手掩蓋，那總不至於丟進監獄或少年感化院吧。如果你實在很在意，不如直接去問閣下如何？」

「……………」

貝里烏斯沒有回答。不，是他答不出來。

他就只能雙手交叉在胸前，不發一語地走著。那個女孩究竟是何方神聖。事到如今，貝里烏斯因一股沒來由的惡寒發顫。

「總之，這份機密文件本身也有可能是假的——嗯？」

卡歐斯戴勒話說到這停下腳步。

他才剛踏出七紅府的門，已經完全被深藍色夜幕籠罩的庭院，乍看之下跟平時沒什麼兩樣，但是在噴水池旁邊，有一道人影屹立在那，就彷彿幻影一般。

身高不是很高、全身都包著黑色斗篷、臉上還戴著狐狸面具，怎麼看都是可疑人物。在貝里烏斯身旁的卡歐斯戴勒開始雙手交疊於胸前解說起來。

「嗯嗯，雖然看不見臉，但十之八九是女的。只不過，那不是幼女。年紀大概落在十五——應該是十六歲，感覺不到十七歲。聞味道就知道了。有花一般的香氣，再加上微微的酸甜味。」

這裡還有另一個可疑人物。可是這傢伙平常就是這樣，貝里烏斯就當沒看到。

他帶著威嚇意味瞪視那個可疑人物（狐狸）。

「喂，那邊那個女人。外人禁止進入宮殿，不想被殺掉就快點離開。」

戴狐狸面具的人沉默十秒鐘，接著才開口。

她發出足以讓人感到不快的甜膩嗓音。

「——宮殿的守備意外牢固呢。原本想要直接闖進皇帝的寢宮殺掉她，卻因為屏障魔法的關係，無法入內。」

現場瀰漫著緊張氣氛。貝里烏斯在無意識間用手握住斧頭的把柄。

「殺掉皇帝」——這句話在宮殿裡頭已經耳熟能詳。這是因為姆爾納特帝國默許人們以下犯上，瀰漫著這樣的風氣，除此之外皇帝本身寬大為懷，再加上擁有絕對的自信，才會容許這種事情存在。

只不過——這個狐狸面具女說出口的「殺掉」卻透著難以名狀的邪惡。

這並非有什麼實質根據，而是貝里烏斯的野獸本能在提醒他。

讓他認定這個狐狸面具女很危險。

「妳這娘們，想對皇帝陛下動手？」

狐狸面具後方的那張臉似乎在笑。

「總會找機會殺的，但現在還不是時候。」

「哦，那這位女士來這所謂何事？」

「原因也沒什麼大不了的。只是來確認一下——看到新聞報導黛拉可瑪莉・崗德森布萊德當上七紅天，這件事是真的？」

就在下一瞬間，貝里烏斯的武器已經出鞘了。不曉得對方是什麼來頭，但是要問話之前，先動手殺掉再說——得出如此結論的貝里烏斯朝地面一蹬。同時卡歐斯戴勒還發動空間魔法【次元刃】，魔法形成的刀刃來勢洶洶，連空間都能切裂。

「太嫩了。這個魔法不夠看。」

狐狸面具女面對飛過來的【次元刃】，除了用初級光擊魔法【魔彈】擊落，還不屑地笑了。像是要斬除那份餘裕，貝里烏斯高舉斧頭——正打算用力揮下，當下卻出現異狀。

那就是戴著狐狸面具的女人突然消失不見。

「——唔，在上面！」

聽見卡歐斯戴勒的聲音，貝里烏斯抬頭仰望上空。

接著他大吃一驚。因為狐狸面具女背對著月光，就飄浮在半空中。怕敵人準備反擊，貝里烏斯馬上採取迴避動作，可是跟他料想的不一樣，敵人那邊沒有任何動靜，就只是伴著輕笑俯瞰他們。

「哦——照這個樣子看來，新聞上報導的，真的是黛拉可瑪莉本人。」

貝里烏斯狠狠盯著狐狸面具女。接下來要說的這個實在是無關痛癢，可是從下面看就能將斗篷內側的迷你裙裙底風光盡收眼底。做這樣的打扮還能毫不猶豫發動【浮游】魔法，看來她八成是女暴露狂之類的。

「……妳是什麼人。」

「我是什麼人一點都不重要吧？因為這是我跟那傢伙的私事。跟骯髒的雜種狗和變態無關。」

「妳說什麼……!?」

「這話可不能當作沒聽見。妳說誰是變態？」

狐狸面具女當下「啊哈哈哈！」地大笑出聲。

「你們兩個對我而言構不上阻礙——光是能明白這點，也算是種收穫。幫我跟黛拉可瑪莉打聲招呼。」

「喂，等等！」

沒人能攔得了她。

在貝里烏斯將斧頭丟出去的同時，狐狸面具女也宛如蠟燭的火焰，霎時間消失無蹤。失去目標的斧頭骨碌碌地轉了好幾圈，消失在夜色之中。敵人恐怕用了【轉移】魔法，現在想追也追不上了。

在充滿寂靜的夜色籠罩下，留在原地的那兩個人互相對看，神情都很嚴肅。

「……那女人的目標是閣下。怎麼辦？」

「還能怎麼辦，只能找出來處理掉吧。」

「你這麼說是沒錯——但是不是該跟閣下稟報。」

卡歐斯戴勒聽了撇嘴一笑。

「如果閣下出動，連一天都不到，那種不法分子就會被人抓住。如此一來便沒有我們立功的機會。為了讓閣下應允賜予『舔腳的權利』，我們必須自動自發把敵人收拾掉。」

「但是……」

「沒什麼好『但是』，也沒黑糖餅乾棒可吃（註2）。萬萬不能為了這點小事阻礙閣下的腳步。在一旁協助好讓那位大人能心無旁騖稱霸天下，這是我們的職責所在。」

這麼說也對，貝里烏斯在心裡如此想著。

內部上下匯報機制形同壞滅正是第七部隊的特徵。

如此這般，可瑪莉對此毫不知情，而她煩惱的根源又變多了。

---

註2　日文中兩者音近。

下剋上大爆發

Hikikomari
the Vampire Countess
no
Monmon

隔天一早，穿著裸體體圍裙的變態女僕就站在我枕頭旁邊。

「早上好，可瑪莉大小姐。」

「喔早安——這樣未免太奇怪了吧!?」

我頓時察覺自己的人身安全有危險，整個人跳了起來。最近我身上的變態感測器好像變得更靈敏了。這傢伙一靠近，身上的毛就會倒豎，胸口躁動不安。

一邊後退到牆壁旁邊，我不停盯著那傢伙看。

「虧妳有辦法做這麼羞恥的打扮。妳都沒有羞恥心嗎?」

「沒有。」

「別那麼篤定啦!?會害人不曉得該怎麼做反應欸!?」

「那不重要，早飯已經準備好了。今天是可瑪莉大小姐很喜歡的法式吐司。是我精心製作的，請您享用。」

「咦，真的？哇——」

我坐到裝設在自己房間裡的吧檯式餐桌前，仔細端詳薇兒替我準備的那盤餐點。餐點飄散出香甜綿密的氣息。看起來好好吃。

「我可以吃了嗎？」

「請用。」

「那我要開動了。」

我小心翼翼地咬了一口。好柔好軟，好甜喔——讓我覺得今天也有精神可以努力當家裡蹲。

話說我的餐點都變成薇兒來打理，她說「這是專屬女僕應盡的職責」。事實上這傢伙真的很會做菜。我有的時候也會烤餅乾，但手藝遠遠比不上這傢伙，真是可恨。明明是個變態。

「多謝招待！」

才花十分鐘就吃光光了，肚子好飽，讓我想帶著這幸福的心情去睡回籠覺。啊，可是在這之前要先刷牙。

正在享受悠閒時光、替杯子倒牛奶倒到一半，就聽見薇兒疾言厲色地開口道。

「那接下來，可瑪莉大小姐吃了多少飯就要做多少工作。」

「噗。」

那害我把牛奶噴出來。

這傢伙——竟然用這麼卑鄙的手段!?

「等、等等。我昨天可是工作到快死掉了耶?今天也要去上班喔?」

「那當然。不然您以為工作該是什麼樣子的?——來，該換上軍服了，請您脫掉睡衣。舉手說萬歲。」

「怎麼可能跟著萬歲啊!」

我鐵了心拿棉被裹住自己。每天都要去上班未免太可笑，我不幹。對我來說週休七日恰恰好。

「可瑪莉大小姐，以下是本日的業務內容。」

「我才不管。妳就去跟那些部下說我要裝病。」

「直接跟他們說您要裝病可能不妙——不過，這樣真的好嗎?今天有讓可瑪莉大小姐物色騎獸的重要行程喔?」

「……咦?」

我從棉被裡探出頭，轉而看向薇兒。

騎獸?妳說的騎獸，是那個騎獸?

「沒錯，就是那個騎獸。人們都說自古以來名將身旁都有一頭名駒。雖然不一定都是馬——總而言之，接下來要去遴選可瑪莉大小姐重要的未來搭檔。」

「唔、唔唔……」

既然是這樣——那好吧，要我出去外面一下下也行。

「來，快換裝吧。今天務必讓我協助您脫衣服。」

「……吶，薇兒。我真的可以拿到騎獸？」

「是，皇帝陛下已經許可了。來，舉起您的雙手。」

「是、是喔——那個變態皇帝肚量挺大的嘛。話說要去哪裡選？牧場之類的？」

「七紅府附近有特別的廄舍，要去那裡選——啊啊，可瑪莉大小姐的肌膚果然白皙美麗。讓人想永遠凝視下去。」

是喔。有特別的廄舍啊……呵呵，呵呵呵呵。說老實話，我對騎獸有懷抱一點點的憧憬。《安德羅諾斯戰記》的主角也有一個頂天立地的搭檔。再說對方如果是騎獸，那連我這個溝通障礙者或許都能跟牠變成好朋友。

「……原本以為當上七紅天只有壞處沒好處，這是出乎意料的好消息。薇兒妳是不是也這麼覺得？」

「的確是呢。我也很想看到可瑪莉大小姐優雅騎乘騎獸的美姿。那些容後再議，接下來替您脫下半身的衣服，可以請您轉向這邊嗎？」

「啊，嗯。」

好期待喔。那裡到底會有什麼樣的騎獸呢？啊——可是我沒有騎過騎獸，這樣沒問題嗎？有沒有人能夠教我啊。就連練習都讓人期待不已。上次這麼想外出已經是很久以前的事情了。我們快點去吧，薇兒！

☆

我發現一個讓人絕望的事實。當我聽說騎獸的事情，整個人變得很雀躍，被變態女僕趁虛而入換衣服了。換成是平時，做出這麼超過的事情，我早就把那個女僕臭罵一頓，但是本人現在心情好，就原諒她吧。

「恭候您多時，崗德森布萊德大人。這邊請，請您到裡頭來吧。」

有人早已在廄舍那邊等著接待我們，是待人接物都彬彬有禮的中高齡吸血鬼。據說這個人是奉皇帝之命管理廄舍的。在講騎獸的事情時，能夠看見他眼裡散發年輕的光彩。好久沒遇到不是變態的一般人。

「騎獸能夠看穿人心。若是心懷邪念，馬上就會被看透。跟騎獸相處的時候，注意隨時保持和善的心情是一大重點。」

「是、是這樣啊。和善的心情、和善的心情……」

當我怯生生地踏進廄舍，一股像是野獸會有的獨特氣味就竄入鼻腔。可是我卻心情雀躍到一點都不在意這點。

「唔哇～！有好多喔！」

皇帝擁有的廄舍或許就該是這個樣子吧，那裡陳列出來的騎獸群，就連外行人看了都會覺得牠們英姿煥發。有看起來像一般馬匹的，甚至還有外型像爬蟲類的，類型五花八門。我靠近其中一頭，有點猶豫地伸手過去。可能牠已經很習慣有人在，就算被我摸頭也完全沒有表現出厭惡的樣子，將雙眼瞇起。好、好可愛……

「您中意這隻嗎？這個是原產自夭仙鄉的蛟龍。在騎獸裡頭算是比較溫馴的種類，不過一旦踏上大地，轉眼間就能奔馳千里。」

「是喔……」

邊聽大叔解說，我依序觀察每一隻騎獸的臉龐。牠們全都是拿來給我用顯得很浪費的騎獸。

「如何，決定好了嗎？」

聽到人家這樣問，其實我難以抉擇。因為大家看起來都太棒了。我煩惱得走來走去。這時不經意看見一隻在廄舍最深處獨自佇立的騎獸。牠最大的特色就是那身壯觀毛髮，是屬於龍種的騎獸。站姿顯得很高雅，給人難以親近的感覺。

「叔叔，那隻騎獸是？」

「您是說那隻嗎？」

這讓大叔露骨地皺起眉頭。

© rii

「這在蛟龍之中是最稀有的品種，人們都喚為紅龍。就連在這個廄舍之中也僅此一頭。紅龍有出類拔萃的勇氣、力量和敏捷性，就連在那些數一數二的騎獸中，也可說是最高級的。可是關於這隻騎獸……」

看大叔說話欲言又止的樣子，背後似乎有什麼隱情。

可是那隻紅龍給我一股難以言喻的親切感，八成是覺得那隻紅龍散發出的孤傲氣息和自己有些類似。我慢慢靠近柵欄，盡量讓自己帶著和善的心情，對牠說「過來」。

「萬萬不可，崗德森布萊德大人！太危險了！」

「哪裡危險了。牠跟我算是同類——好乖好乖。」

紅龍一開始原本還心懷警戒，最後總算察覺我是人畜無害的善良吸血鬼，這才慢慢靠近我。我輕輕觸碰那身白色皮毛。摸起來涼涼的好舒服。我接著撫摸牠的下巴和脖子，紅龍似乎覺得很安心，從喉嚨裡發出嘶鳴聲。

「怎、怎麼會……」

「呵呵，嚇到了嗎？我想你大概是想說『這隻騎獸是不愛親近任何人的問題兒童』對吧？可是啊，我跟牠其實很像。所以能心靈相通。」

青藍色眼眸深處浮現出沉靜的光芒。我想牠一直以來八成都不曾和任何人建構深刻關係，獨自沉浸於孤獨之中，才會煥發如此睿智的光芒。因為牠擁有罕見的純白身軀，才會沒辦法融入周遭，過著孤傲的日子吧。對於牠的境遇，我有著痛切的體認。

跟紅龍互相碰觸一陣子後，牠似乎完全敞開心胸了。先是慢條斯理地發出低鳴，接著就開始粗喘著氣，用臉頰磨蹭我的胸部。

「唔哇，啊哈哈！別這樣，很癢耶。」

「……不好意思，那隻紅龍究竟是什麼來頭？」

「啊啊薇兒海絲大人……之前有好幾位將軍都想要馴服牠，但全都失敗了。因為那隻紅龍有不得了的戀幼女癖，只會對幼女敞開心胸。遇到來廄舍校外教學的學童，牠也只親近年紀較小的女孩子。」

「原來如此。聽你這樣解釋，還真是淺顯易懂。」

「騎獸能夠看穿人們的邪惡心思，可是人們卻很難看出騎獸擁有的邪念……」

感覺薇兒他們好像在背後談些什麼，但我都當作耳邊風。因為交到新朋友實在太開心了，根本沒空去管周遭的事情。紅龍大概跟我有一樣的心情吧，看起來很興奮的樣子，一直用鼻尖推我。

「好了，我決定了！」

於是我帶著歡快的心情轉頭看薇兒他們。

「我要讓牠當我的搭檔。叔叔，可以吧？」

「是、是可以……但您真的要那隻？」

「還什麼要不要的，我跟牠是處在相同境遇中的夥伴。就算說我們一心同體也不為過。對吧，布格法洛斯。」

紅龍發出低低的啼叫聲，像是在表達認同之意。這是我靈光一閃想到的名字，叫這傢伙布格法洛斯果然是最適合的。很好，從今天開始牠就是我的好夥伴，布格法洛斯！

「既然崗德森布萊德大人都這麼說了，倒是沒什麼問題，不過……」

「沒用的。可瑪莉大小姐耳根子軟，對一些奇怪的事情卻特別頑固。」

那就趕快來騎騎看布格法洛斯吧。身為大將軍，一兩頭騎獸總該能輕鬆駕馭！——是說布格法洛斯，從剛才開始就把我弄得好癢喔！啊哈哈哈哈，別舔我的脖子啦～！

於是在這之後，我開始練習騎乘。

這些對我來說都是全新的體驗，跨上馬鞍的那個階段花了不少時間，但是叔叔有給建議，加上薇兒的協助，我總算成功坐到上面去了。坐是坐了，但這好高喔。太高了，比我預料中的高度還高十倍。我平常就在想「希望可以再長高一點」，很喜歡喝牛奶，但我不需要這麼高的高度。光是往下面看一點點，全身就會發抖。

「您……您還好嗎？臉色好像……」

「說、說什麼呢！我這是武將才會有的興奮震顫！」

「就是說啊，這位養馬的叔叔。那位大人可是七紅天大將軍，小小一次騎乘，怎麼可能因此感到害怕。她哪可能怕到渾身發抖快哭出來。」

「這、這麼說也對。那就試著走走看吧。來，崗德森布萊德大人。」

接著叔叔細心懇切地說明，說只要巧妙運用腳踝在騎獸的肚子那邊施加一些力道即可。我如他所說試著做做看，結果布格法洛斯就聽話地慢慢走了起來。喔喔，好厲害！我也能好好騎嘛！

「不愧是可瑪莉大小姐。您實在太棒了，看起來好耀眼。」

「哇、哈、哈！是不是、是不是！去吧布格法洛斯！讓我們一起化為一道風！直奔大地的盡頭！」

這時布格法洛斯發出高亢的嘶鳴。似乎受到我的情緒感染，牠的腳步逐漸變得越來越快。真棒真棒。難道說我很有這方面的天分？很好，就這樣繞宮殿的庭園一周吧——嗯？奇怪？

「——我說，速度是不是有點太快了？布格法洛斯，說要前往大地的盡頭只是一個說法啦？所以說，那個、你先停下——呀啊啊啊啊啊啊啊啊啊啊啊!?」

就在那瞬間，我真的變成風了。

腦袋的運作速度根本追不上。布格法洛斯載著我在大地上奔馳，速度快到迅雷不及掩耳，周遭景色以極其飛快的速度一閃而過。我的動態視力完全跟不上。就算發出慘叫也沒辦法停下。完蛋。慘了慘了慘了慘了——

「停下來、停下來——！」

「崗德森布萊德大人！請您拉住韁繩！」

叔叔好像在我背後說了一些話，卻沒能傳進我耳中。全身被恐懼支配的我連一句「停下來」都沒辦法說好。也不知是否有感應到我這個搭檔的內心吶喊，布格法洛斯繼續興高采烈地暴衝下去。

☆

約翰・海爾達很惱火。

地點來到姆爾納特宮殿七紅府的第七訓練場，現在是魔法演習時間。

即便這支部隊再怎麼無法無天，第七部隊好歹也算是正規軍隊。在不用戰爭的日子裡，還是有接受訓練的義務，今天在訓練場的各個角落，也有許許多多的吸血鬼在做模擬戰鬥。

特別是貝里烏斯和梅拉康契的對戰，實在太壯烈了。地面上被打得坑坑疤疤，四處都發生爆炸，攻擊的餘波波及到觀眾，有好幾個人喪命。

然而約翰沒辦法像他們那樣，戰鬥意志高昂。他盤腿坐在樹下的長板凳上，嘴裡啃著午餐帶骨肉的骨頭，精神上逼近失控邊緣，被他死命壓抑。

他現在火大得不得了。

讓他火大的對象不用說也知道就是黛拉可瑪莉・崗德森布萊德。那個亂七八糟的小姑娘靠關係奪取了約翰原本一直很想坐上的七紅天大將軍寶座。

不，如果只有這樣就算了。貴族濫用權力偷偷安插進軍隊的中樞體系，綜觀帝國的歷史，這種事情比比皆是。

問題在於那個小姑娘讓約翰蒙受奇恥大辱。

連去回想都覺得不爽。

前天黛拉可瑪莉・崗德森布萊德正打算進入血染之廳，而約翰要用偷襲的方式攻擊她。假如對方當真擁有擔當得起七紅天重任的實力，遇到這點程度的突襲也能輕易化解吧——他基於這樣的判斷，才會採取那種行動。

結果約翰被人輕輕鬆鬆料理掉。

當著大家的面被門夾頭，死得很難看。而且還直接丟著不管兩天，甚至沒能參加昨天跟拉貝利克王國之間的戰役。

天底下還有比這更屈辱的？找不到了。

「我要復仇……一定要復仇。」

帶骨肉的骨頭被他「啪嘰」一聲折斷，周圍那些跟屁蟲發出娘娘腔的「咿咿！」慘叫聲，但約翰沒空去管這個。他的腦袋開始高速運轉。

這就去把大將軍閣下找出來，狠狠殺個痛快吧。不不，單純只是殺掉她太無趣。當然還要當著大眾的面公開處刑，順便玩些有趣的花招吧。首先要把頭髮全部燒掉，接著連衣服都燒掉。還有還有──

「哎呀看看，還說要報仇，聽起來不是很平靜呢。」

此時背後突然傳來一道聲音。不知是從什麼時候開始，那個像枯木的男人已經在俯瞰他了。是第七部隊的參謀，同時也是形同隊上領頭羊的吸血鬼──卡歐斯戴勒‧康特。

「……有什麼事？我現在心情很差。」

「沒有一天不差的吧。你就是這樣，才會做事越來越不經大腦。」

「你是討打嗎？」

這讓約翰惡狠狠地抬頭瞪視卡歐斯戴勒。那個像枯木的男人扯嘴邪笑。

「話說，剛才你好像有自言自語說要復仇。」

「對。」

「莫非──是要對大將軍閣下復仇？」

「不然還有別的？」

卡歐斯戴勒聳聳肩膀，接著說道。

「不過，你應該有過親身經驗了吧。黛拉可瑪莉閣下的力量非比尋常。真不愧是傳說中的名門，崗德森佈萊德家的千金。」

「少在那鬼扯，那只是瞎貓碰到死耗子！我可是人們口中的『獄炎殺戮者』，怎麼可能輸給那種小姑娘！」

「可是你死了吧。」

「就跟你說那是巧合，像是遭遇意外！是你們全都腦子不正常吧？那個小姑娘明明什麼力量都沒有。證據就是我要出手攻擊的時候，那傢伙還一臉蒼白逃走不是嗎！然後門剛好關上把我夾住！」

「假設真的是那樣好了，那昨天的事情又如何解釋？」

「昨天？在說什麼。」

「就是跟拉貝利克王國的戰爭。你沒有參戰或許不曉得，但閣下身為大將軍，做出非常合適的判斷。舉手投足間頗有久經沙場的軍師風範。」

「具體來說？」

「大家衝啊。閣下在戰爭中下達的指令只有這個。」

「…………」

「用來讓頭腦簡單四肢發達的第七部隊發揮所長，這樣的作戰計畫再合適不過了吧？才就任兩天就看穿這個隊伍的本質，就連我都不得不脫帽敬禮。」

「連大猩猩都能想出這樣的作戰計畫吧！那傢伙果然就是靠關係成為七紅天的貴族小姑娘！」

「真受不了你……」

不管約翰再怎麼強調，卡歐斯戴勒的態度一貫還是「所以說小鬼頭最難搞了」。滿心不爽的約翰把牙齒咬得喀喀作響，惡狠狠地看著那個像枯樹的臭傢伙。

「敢小看我，小心我把你變成禿頭？」

「做得到就試試看。我剛好也在找模擬戰的對手。」

「呀哈！……好啊，要打就來。」

「砰」的一聲，約翰雙手出現熊熊燃燒的火焰。真想直接往那傢伙臉上揍一拳，但這時卡歐斯戴勒突然擺出有所警覺的表情。

「不，先暫停一下，約翰。」

「啊啊？現在才知道害怕沒用了啦！我會連你的毛根都挖出來，覺悟吧。」

「呀啊啊啊啊啊啊啊啊啊啊啊啊啊啊啊啊啊啊啊啊啊啊啊啊啊啊啊啊啊啊啊啊啊啊啊啊啊啊啊啊借過借過借過借過借過————————！」

「嗯？——咕噗！」

約翰的後腦勺就此遭遇重重的一擊。

還來不及搞清楚狀況。

連感到疼痛的時間都沒有，神經已經遭到破壞，甚至沒發現腦袋變得像噴水池一樣血花飛濺。在他還沒察覺的情況下，世界就已經變得一片黑暗了。

約翰就這樣死了。

☆

就在那個時候，我達到無我的境界。

彷彿真的要衝到大地盡頭，布格法洛斯的速度逐漸加快，當我的動態視力再也追不上周遭景色流動的速度，就在那瞬間我放棄思考。

已經不行了。我快走了。天國的爺爺在跟我招手──

就這樣，半隻腳已經踏進棺材的我卻聽見一聲「喀咚！」，眼前景象整個翻轉過來。緊接著我彷彿飛到半空中， 陣輕飄飄的感覺包圍著全身上下。

看樣子我從布格法洛斯背上甩出去了。

整個世界的景象變得像慢動作播送。

看到眼前景象一直在旋轉害我好想吐，我發現周遭有自己熟悉的臉龐。有看起來像枯木的卡歐斯戴勒。長著狗頭的貝里烏斯。一天到晚都在唱饒舌歌的梅拉康契。看來這裡好像是姆爾納特軍隊操練場那類的，其他還有一大堆部下也聚集在此，大家都用驚訝的表情看著這邊。

好吧也是，會感到驚訝是很正常的吧。

因為他們發現自己的上級長官是連騎獸都沒辦法好好掌控的廢柴。

啊啊，這下子大夥會一窩蜂以下犯上吧。我是不是會被殺掉啊。

是說在那之前，大概就會因為落馬的撞擊死翹翹吧。

既然這樣，我是不是也該想想遺言——我正準備了斷塵念，等待著我的卻不是跟堅硬地面來場熱烈接吻，而是跟柔軟的女僕裝熱烈接吻——咦？女僕裝？

「——哎呀，可瑪莉大小姐真是的。平常就跟您說別用這麼動感的方式跳下馬了。薇兒會為您擔心的，請您也多多體諒這份心情。」

我怯怯地抬頭。

結果看到一個熟悉的女孩子正從上頭看著我。

這才發現自己被變態女僕用公主抱的姿勢抱著。

這傢伙……她是怎麼追上失控暴走的布格法洛斯？用魔法嗎？不管怎麼說那腳力也太不尋常了——之前不是跟妳說過別趁人之危企圖把手伸進我的衣服裡嗎？這個變態女僕！

「偶、偶可不會道謝。」

「您的舌頭好像卡住了呢。」

「少、少嘍說。趕快把我放下來。」

「遵命。」

這下薇兒才慢慢把我放到地面上。嗚，好像連眼珠子都在打轉，頭好暈——話說薇兒那傢伙，還牢牢握住我的手支撐著我。她總是會在這種地方替自己加分，真是不簡單。

「這位不就是閣下嗎？別來無恙。」

我覺得自己有如接連去了三間酒吧喝酒喝到醉醺醺，得逼自己努力在地上用力站穩，這時卡歐斯戴勒帶著一臉笑意靠近我。可惡，偏偏挑這種時候。

「卡歐蘇戴勒，里們過得如何？」

「回您的話，託您的福情況好得不得了。今天可瑪莉小隊的成員們也積極努力做訓練。」

「是喔，那是好事一樁。」

「是，還望閣下務必參與。」

「哇哈哈哈，在說什麼呢。假如偶加進去一起打，大家五秒就會死光光喔。」

現場跟著發出一陣「噢噢」的高嘆聲。這幫傢伙可能都是笨蛋。

「嗯，的確。有個愚蠢之人似乎就在挑戰前喪命了。」

狗頭貝里烏斯話說到這邊還來個冷笑。

愚蠢之人？死了？他在說什麼啊。

感到納悶的我轉頭一看，這才看見有個金髮男子，倒在草地上翻白眼。我突然好想哭。那個該不會是——

「是的。就是他被可瑪莉大小姐駕馭的騎獸踢飛喪命。」

嗚哇啊啊啊啊啊啊啊啊啊啊啊啊啊啊啊啊啊！

我又殺人了!?而且那個人跟上次殺的是同一個吧!?這下他一定很恨我？我如果晚上一個人走在路上，一定會被他刺死對不對!?是說布格法洛斯跑去哪了!?該不會丟下我全力奔馳到大地盡頭了!?怎麼會有那麼扯的事！

這下我頭大了，可是部下們卻大聲吵鬧歡呼。「閣下萬歲！」「殺人萬歲！」「背叛者肅清萬歲！」，容我客氣地說句話，那就是「這些傢伙有事嗎？」——然而——

「——我還沒死啦，你們這些腦殘殘殘殘殘殘殘——！」

就在這時，我背後突然湧現一股非同小可的熱氣。

這一看才發現是早該見閻羅王的金髮男子全身包圍著火焰，雙眼正瞪著我看。害我怕得要死，怕到差點都要尿褲子了。他怎麼還活著。

金髮男用充滿怨恨的語氣開口。

「大將軍閣下，偷襲別人是不是有點卑鄙呀？」

我連說句話反駁都辦不到，但還是要說。

「廢話少說，是不閃開的你太笨。」

「哈，是這樣喔——那接下來被我幹掉，妳也不會有怨言是吧!?」

結果金髮男就帶著一身的火焰跑過來。

啊，這下死定了。

才剛想完，原本一直都還幫忙撐住我的薇兒突然放開手。接著奇蹟就發生了。說時遲那時快，失去重心的我，身體一陣踉蹌朝橫向倒去，漂亮避開如山豬般猛衝過來的金髮男。

「喔喔！」「身手竟然如此矯健！」「真不愧是閣下。」「簡直就像鬥牛士一樣！」「看閣下那樣好興奮，我都想撲過去了……」

別這樣。去死啦。

不對，那些傢伙隨便怎樣都好。眼下得先想辦法處理金髮男——

「運氣好被妳躲開！這次一定要宰了妳！」

重新站好的金髮男要過來扁我。這次不閃掉會死，明白這點的我催動那似有若無的生存本能，拚命挪動我的腿。可是我的頭實在太暈了，沒辦法好好行動。可惡，我的三半規管也太弱了吧——

「呀哈哈哈！燒死妳這個大將軍噗呸!?」

「唔呀!?」

咚唰。

又是一陣天旋地轉。六神無主的我陷入僵硬狀態。我感覺到自己好像跌倒了，可是卻沒有很痛……？

「呀啊啊啊啊啊啊啊啊啊啊啊啊啊啊啊啊啊啊啊啊啊——！」

想到一半，就聽見我身邊傳來一陣刺耳的慘叫聲。我嚇得往下面一看，發現自己不知怎麼的跨坐在金髮男身上，而且右手食指還刺進他的眼球裡，怎麼會變成這樣!?

「可瑪莉大小姐果然有一套！面對緊逼而來的暴徒，先是用腳把他掃倒，再跨坐到對方身上，迅雷不及掩耳給予眼球一擊必殺！用最低限度的行動達到最大的效果，這正是可瑪莉流的真髓！」

感謝妳的詳細解說，薇兒。但可瑪莉流是什麼鬼。

不對，那些都不重要啦！

我「噗滋」地拔出手指，從男子身上慌慌張張跳開。金髮男在地面上滾來滾去，嘴裡大叫「我的眼睛、我的眼睛——！」我偷偷查看周遭眾人的反應，果不其然部下們都發出感嘆的嘆息，頻頻點頭。其中還有人流著血淚鬼叫「好羨慕啊——！」那是誰呀。

話說這下該怎麼辦。

乾脆再補一招好了？就是來假裝我很強。

先做了個深呼吸後，我要自己多加注意以免吃螺絲，並且說了這番話。

「——哼！敢反抗我就會變成這樣！下次別說是眼珠了，連屁股裡面的寶珠（註3）都摳出來，全都給我小心點！」

唔喔喔喔喔喔喔喔喔喔喔喔喔喔喔喔喔喔喔喔喔喔喔——

那群部下的拍手喝采聲震得我耳朵好痛。

我再也不想幹這份差事了。差不多該卸任了吧。但好像沒辦法辭職。實在太不公平了，晚點再來找變態女僕洩恨好了。

我在心裡偷偷計畫「給女僕搔癢的地獄酷刑」，原本在我旁邊滾來滾去的金髮男突然爬起來大叫。

「妳、妳竟敢幹這種事！我可不會輕易放過妳！」

一邊按著右眼，他對我釋放能熊燃燒的殺意。我繃緊神經等著看他到底要做什麼，結果對方在自己的軍服口袋裡東摸西摸，拿出像是布塊的東西扔到我這邊。

---

註3　日本古傳說中的精氣珠。

那個是手套。

咦，隨隨便便就扔了？看起來明明還可以用……

我正在想「好浪費喔」，四周的氣氛卻突然間改變了。

部下們眼裡都發出精光，像在說「這下事情有趣了」。至於卡歐斯戴勒，他甚至露出疑似準備要犯罪的噁心笑容。

到底是什麼情形。

我再度轉頭面向金髮男，只見他凶狠地揚起嘴角，開口說道。

「——黛拉可瑪莉．崗德森布萊德，我要跟妳決鬥。」

什麼？掘豆？還是血糖、結黨、血統——

是決鬥⁉

「先等、一下——」

「哈哈、哈哈哈，這就對了，一開始這麼做就好了。明顯是我比較強。只要一對一，來到撇除任何不確定因素的地方，堂堂正正一決勝負，那一定是我獲勝——我說閣下，妳總不至於不接受吧？」

金髮男語畢，帶著邪惡的笑容看我。

我左看看右看看，把四周圍都看了一遍。

結果薇兒對我豎起大拇指。卡歐斯戴勒也豎起大拇指。貝里烏斯則是雙手在胸前交叉、靜靜佇立，梅拉康契扭來扭去轉來轉去。其他部下也都用閃閃發光的眼神看著這邊。

沒人挺我。

是嗎是嗎？那就沒辦法了。

我慢慢走上前，撿起掉落在燒焦草坪上的手套。

再下來，我盡量讓自己裝出狂傲的笑容，對金髮男如此宣言。

「——那好吧，我就接受了。到時你將會為自己的衝動懊悔不已，這樣也無所謂？」

☆

「啊啊啊啊啊啊啊啊啊啊啊啊啊啊啊啊啊啊啊啊啊啊啊啊啊啊啊啊啊啊啊啊啊——！」

回到房間的我，在床鋪上為自己的衝動行為懊悔不已。

理由不用說也知道。那個叫做約翰．海爾達的金髮男說要跟我決鬥，我就順理成章應允了。已經無路可逃了。我將會當著大家的面被那個男人燒好燒滿，結束短暫的生涯。

「可瑪莉大小姐，您怎麼這麼悔啊？」

「誰嗨啦！」

這一看才發現是薇兒，就跟平常一樣一臉看好戲的樣子。感覺這傢伙都沒有半點危機意識。沒有也正常。因為會死的人是我。可惡啊妳！

「嗚嗚嗚……怎麼辦，要不要去當亡命之徒。該逃去哪？鄰國？不行，會被大猩猩襲擊……」

「可瑪莉大小姐，請您抬起臉龐。」

帶著好想哭的心情，我把臉埋在枕頭裡，耳邊聽見薇兒溫柔的聲音。事到如今妳還想幹麼——不怎麼想配合的我斜眼看她。

「幹麼啦變態，小心我報警。」

「哎呀真是的，不能說那種粗話——不過，可瑪莉大小姐會想自暴自棄，這樣的心情我能體會。畢竟照這樣進展下去，您肯定會被殺掉。」

「就是說啊！就像字面上說的這樣，我的人生會完蛋！啊啊好煩怎麼辦，在死之前想做的事明明還有好多！想要出版自己寫的書，還想試著做做看點心城堡，再來就是——」

「再來？」

「想要在蜂蜜游泳池裡游泳看看。」

結果對方「噗嗤」地笑了出來。糟糕了。我太著急，就把之前隱藏起來的野心顯現出來。這是我一生的疏忽，會被後代子孫傳誦下去的奇恥大辱。去死吧。不對我本來就快死了。

然而薇兒卻笑著說「不會有問題啦」。

「您忘了嗎？就算被殺掉也不會真的死去。因為姆爾納特帝國還有魔核存在。」

「這我知道啊！可是會很痛吧，會很燙、很痛苦！」

「就跟您說不會有事了。只要有我薇兒在的一天，可瑪莉大小姐是萬萬不會在決鬥中死去的。這我心裡有數。」

咦，我的思考停擺了。這傢伙在說什麼啊？

沒去管困惑的我，變態女僕自信心十足地放話。

「姆爾納特帝國準三級特別中尉薇兒海絲——專精諜報、破壞工作。一切都交給我就行了。我一定會替可瑪莉大小姐帶來勝利的榮光。」

☆

就這樣，轉眼間來到決鬥當天。

這裡是姆爾納特宮殿附設的競技場。聽說會拿來舉辦偶像演唱會，還有年末的廝殺大會等等，不過只要濫用七紅天的職權，也可以用在私人決鬥上。權利這種東西真是汙到掉渣。

「呀啊啊啊啊啊啊！快看，是黛拉可瑪莉大人！」「閣下──！請您把約翰那傢伙殺得東倒西歪！」「可瑪莉小親親！可瑪莉小親親！可瑪莉小親親！」「呼啊呼啊……小可好可愛喔……」

觀眾席那邊接近全滿狀態，每個人都嗨到像嗑藥嗑到茫。而且那些傢伙絕大多數還不是第七部隊的吸血鬼。有來自其他部隊的成員、從外頭來的一般客人，加起來就占了七成。怎麼會來這麼多觀眾，那是因為我要跟人決鬥的事情不知不覺間已經在帝都內傳開了。把消息放出去的，不用想也知道。就是我們部隊裡的那群笨蛋。

多虧這群笨蛋，我還沒上戰場就要先死了。

……好討厭，原本以為可以結束得更低調些。想說就算有觀眾在好了，頂多就是第七部隊的五百人那類的，也不至於引發多大的騷動吧。但現在是怎樣！簡直跟偶像的現場演唱會沒兩樣啊！你們是對我抱持怎樣的期待啦!?

『──可瑪莉大小姐。您感覺如何？』

這時我突然聽見變態女僕的聲音。在來這裡的途中，她給我能夠裝在耳朵裡的通訊魔具。

「感覺？當然是糟透了啊……」

『請您加油。這種時候更要努力取勝。』
「不要啦～！我想回家～！」
『等事情順利結束，我會給您很棒的獎勵。』
「獎勵？」
『美少女女僕陪睡券五張。』
「誰要啊！」
『十張。』
「不是數量的問題！」
『而且負責扮演女僕的人是可瑪莉大小姐。』
「那是什麼意思!?」
『把這些陪睡券賣掉賺來的錢才是獎勵。』
「那只是要我用不純潔的方式勞動吧！」
『我會全部買起來，別擔心。您用不著去找骯髒的大叔陪睡。話說這麼麻煩的手續其實也免了，我會付錢可以直接跟我睡嗎？』
「這才是汙穢大叔會有的想法吧！」
害我越來越沒勁。王子都快沒命了，這個變態女僕還在鬼扯些什麼。
「……我說薇兒，可以聊些正經的嗎？」

『請說。』

「我……真的能夠活著回去？」

對方好像在偷笑，但是只有一下下。薇兒就像平常那樣，用淡淡的語氣回話。

『請您放心，我是可瑪莉大人忠心的使僕。不管發生什麼樣的事情，都不會捨棄您——您看，要跟您決鬥的人已經來了。』

就在這時，一陣更大的歡呼聲包圍整座競技場。

跟我站的位置正好相對，那邊有個用來讓挑戰者出入的大門，正發出悶悶的聲音向上升起。害我吞了一口口水。就快了。再過不久就要開始。薇兒那傢伙，是打算用什麼手段讓我活下去啊？不是我在自賣自誇，但我不耐打的程度可是遠遠凌駕在豆腐之上——正感到煩悶，門的那一頭就出現一道令人熟悉的身影。出現是出現了。

「黛、黛拉可瑪莉，今、今天，一定要把妳——燒、燒、燒、燒、燒死……」

是約翰・海爾達。

可是他的樣子有點奇怪。臉色鐵青，走起路來搖搖晃晃，就好像拉肚子拉到停不下來一樣，按住肚子不停發抖。啊，他跌倒了。感覺身體狀況真的很糟糕——不對先等等。這該不會是……

『我下毒了。』

「原來是妳幹的!?」

而且還下毒是怎麼一回事!?做這麼卑鄙的事情可以嗎!?

『做起來沒什麼難的。海爾達中尉每天都會在附設餐廳裡用餐，而且點的菜色一定是帶骨肉。於是我就對餐廳裡的肉都注射慢性劇毒。』

「所有的肉都下毒了!?」

『為了確保他一定會吃到下毒的食物，這也是逼不得已的。也因為這樣導致十二到十三名死者出現，但應該沒問題吧。並沒有留下犯案線索。』

妳完完全全就是恐怖分子啊！為什麼所作所為都這麼偏激!?為了我才做，這份心意是讓人開心沒錯，但拜託妳用更穩當一點的手法啦！

此時約翰用飢餓野獸會有的目光看著我。

「嘿、嘿嘿，妳怎麼啦閣下？就算現在又哭又叫，也、也已經、太遲了。我、我我我、我要把妳燒死，讓妳、讓妳進進進、進醫院。」

「你才該去醫院吧？」

「妳說什麼!?竟、竟、竟然敢說那種瞧不起人的話，小心我讓妳變禿頭。」

我這不是在挑釁啊，是真的發自內心擔憂。話說要讓我變禿頭是哪招。

心中五味雜陳，結果這時「鏘——！」的一聲，宣示決鬥開始的銅鑼敲響了。

外場的加油聲變得更大，一些唯恐天下不亂的鬼叫像是「殺了他！」跟「去死！」

之類的震盪著我的耳膜。

「看、看看、看我宰了妳——嗯噗！嗚嘔嘔嘔嘔嘔嘔嘔嘔嘔嘔嘔嘔嘔嘔嘔！」

「呀啊啊啊啊啊啊啊啊啊啊啊啊啊————!?」

那個人竟然邊嘔吐邊朝我發動攻擊！

可是他的速度實在太慢了，像個老人在徘徊。怎麼看都像殭屍。

「喂薇兒！怎麼辦啊，這種恐怖影像根本兒童不宜！」

『那麼可瑪莉大小姐，請您使用魔法。』

「什麼——？我會用那種東西，現在還需要那麼辛苦嗎！」

『不，您只要假裝會用就可以了。等我發出暗號，請您彈動手指，要彈出「啪嚓」聲。盡量做到能讓觀眾看清楚。五、四、三、二、一——來，就是現在。』

啪嚓！

……弄起來大概是這樣，我試著照辦，用手指彈出聲音。

下一瞬間，伴隨著一陣「砰轟！」聲，約翰消失了。不對，正確來說是他掉下去。掉進地面上突然出現的大洞——這啥？

「唔喔喔喔！」「那是什麼魔法！」「竟然能從那麼遠的地方在敵人腳下開個洞!?」「好強大的精準度！」「好強大的威力！」「那一定是上級魔法【王國崩塌】……」「可是一點都感受不到魔力的流動？」「那就表示閣下還會使用能夠隱藏

魔力的魔法！」「原來如此，是上級魔法【漆羽衣】啊。」「不愧是閣下！」「閣下太厲害了！」

觀眾們開始騷動起來。薇兒在這時說話了。

『昨天晚上，我先挖了會讓人掉下去的洞。』

「這樣也行!?」

『還在洞穴底部裝設了竹製長槍，想必現在海爾達中尉已經變成肉串了吧。』

會不會太狠毒啦!?——不對，先等等？這是怎麼運作的？如果要挖洞的話，約翰又不一定會來到洞上面。難道是看運氣？

『請您不用擔憂。已經預先在這個競技場挖了五十二個洞穴，不管走到哪都會掉下去死掉，請可瑪莉大小姐絕對不要亂動。』

「…………」

看來我就站在地獄的正中心。害我怕到連動都不敢動，這個時候觀眾突然發出興奮的喊叫。這一看讓我嚇到，渾身是血的約翰從洞穴深處爬出來了。照這樣子看來人還沒掛。

「——哈、哈哈哈，說這是魔法？最好是……妳這個騙子。」

他說對了。等到約翰面紅耳赤地脫離洞穴後，他讓兩個拳頭「轟！」地冒出火焰，一雙眼睛惡狠狠地盯著我。

「都是昨天先挖好的吧？因為正面對決贏不了我。」

沒錯。對不起。

『這傢伙真沒禮貌。可瑪莉大小姐，請您回幾句話！』

真的很對不起。可是不假裝自己是強者，我會死掉的。

基於這點。

「——哇哈哈哈！愛說笑。說我對你這種小角色用陷阱？那不可能，萬萬不可能！你未免太看得起自己了，約翰．海爾達！像你這樣的雜碎，我馬上就能殺了你，絞碎再裝進瓶子裡，等到泡完澡用手扠腰，大口大口喝乾！」

唔喔喔喔喔喔喔喔喔喔喔喔喔喔喔喔喔喔喔喔喔喔喔喔喔喔——

觀眾叫得好大聲。約翰完全氣炸了。

「辦得到就試試看啊————！」

「薇兒怎麼辦，我害他生氣了！」

『這完全是您自作自受，但包在我身上——話雖如此，海爾達中尉跟可瑪莉大小姐之間的直線路徑上已經沒有任何能讓人掉進去的洞穴了。』

「怎麼會這樣!?妳不是挖很多嗎!?」

『只能說運氣不好。』

「太扯了吧。」

就在這時，一股灼熱的熱氣從耳朵旁邊劃過。我嚇了一跳，目光轉回到約翰身上。看見那個渾身是血的金髮男帶著瘋狂的眼神，對我投出火焰炸彈。

「呀哈哈哈哈哈哈哈！全都燒掉吧──────！」

「等等、先暫停──」

在火焰四散的狀態下衝過來的模樣，活脫脫就像個發狂的縱火魔人。火焰炸彈朝四面八方投擲，整座競技場頓時變成灼熱地獄。幸好他的控制能力不算太精準，但遲早會直接命中我吧。因為我沒辦法動。

「薇兒！我還可以彈手指嗎!?」

『不行，已經太遲了。』

「太遲了!?意思是我的人生完蛋了!?開這什麼玩笑──」

話都還沒說完，現場就出現慘烈的大爆炸。

我嚇到眼珠子差點掉出來。

那產生超乎想像的劇烈聲響、暴風和閃光──衝擊大到連在現場站穩腳步都很難。爆炸中心就是約翰站的地方。陷入混亂的我拚命用手遮臉，此時通訊用魔具傳來薇兒那冷靜沉著的聲音。

『那是地雷。』

咦？地……地雷？

『看來他踩到了。但這也難怪。畢竟預先埋了九十六個左右。』

「這到底是怎樣的戰場啊!?」

已經不是準備周到可以形容的了。

莫非薇兒那傢伙，從昨天晚上開始就一直在競技場弄這些？為了不讓我死掉？………

『這下子，海爾達中尉也能順利成佛了。贏的人將會是可瑪莉大小姐。』

「不、好吧，也許真的會變成那樣……」

濃濃的煙霧逐漸散去。約翰該不會變成破破爛爛的屍體了吧？我不是很想看到——腦子裡才在想著這些，觀眾卻突然發出驚呼。

而我則是懷疑自己看錯了。

約翰・海爾達還活著。雖然他在地上爬，卻還是慢慢地動著，動得像個毛毛蟲一樣，逐漸朝我靠近。

就算變得不成人形，他還是打死不放棄。

有那麼一瞬間，我的心就要被那份剛強的意志打動——

「嘻嘻、嘻嘻嘻、嘻，竟敢、竟敢對我做這種事……等我抓到妳這個臭娘們，看我把妳的衣服燒光，在大家面前丟大臉……跳全裸火舞……嘻嘻嘻、嘻嘻。」

我被打動了。我的心被恐懼毆打。

從各方面來說都為時已晚了。

最後約翰總算匍匐前進來到我腳邊。

我是很想逃走，但是人處在地雷平原的正中央，連一步都動不了。然而我的擔憂是多餘的。在一陣掙扎中，約翰沒能碰到我就力盡人亡了。

再也沒有任何動靜。完全死透。

太、太好了——不對，怎麼能為他人的死亡幸災樂禍。

總而言之，贏的人有義務要展現贏家風範。我用右腳踩著他的頭（盡量輕輕地放在上面），再拿出傲慢到不行的態度放話。

「叛亂分子，制裁完畢！」

唔喔喔喔喔喔喔喔喔喔喔喔喔喔喔喔喔喔喔喔喔喔喔喔喔——

現場揚起勢如破竹的歡呼聲，興奮的第七部隊成員陸陸續續衝進競技場，上演一場雪崩秀——一群白痴！這裡可是如假包換的戰場啊，啊啊討厭，又不能說！

待在發生連鎖大爆炸的競技場中央，我心中有種奇妙的感覺。

能夠活下來是很開心沒錯，但總覺得……好像——對約翰下手太重了，害我好內疚。那不管怎麼看都是過度防衛。我用了有點卑鄙的手段。可是我的部下卻依舊「可瑪莉小親親！可瑪莉小親親」的叫，可瑪莉長可瑪莉短的（伴隨一陣陣爆炸），害我有點無地自容。

「薇兒，我覺得好像在欺騙大家……」
『不是好像，實際上確實是騙了。』
「……嗚唔。好吧，是那樣沒錯。」
『可瑪莉大小姐就是人太善良。既然您是七紅天，就該表現得更加臨危不亂。』
「嗯……」

好吧，去想那種事情也沒用吧。

我眺望著地雷四處「轟隆轟隆」炸的競技場，嘴裡發出大大的嘆息——是說好危險啊，拜託不要在我附近爆炸！

☆

於是我九死一生撿回一命。

還要說一下，連同約翰也算在內，被炸死的人都搬到醫院去了。所謂的醫院講白了其實是放置屍體的地方。直到被魔核復活之前，那段時間內都會幫忙安全保管肉體。這裡在我個人心目中「絕對不想受該地關照排行榜」排行第一。

閒談到此。

當我拖著剛從鬼門關前逃回來的身軀回到自家宅邸，第一件事就是先跑去洗澡。全身都被汗水弄得溼溼黏黏的，頭髮和衣服上都沾著不知來自誰的血液。在這種狀態下鑽進被窩，我一定會做超乎想像的惡夢。

於是我就來到洗澡前脫衣服的地方，只是——

「……喂，我接下來要先洗澡。」

「遵命，這就替您準備換洗衣物。」

「…………」

「您怎麼了嗎？」

「……在我進澡堂的這段期間，妳打算做什麼？」

「我打算認真工作。」

「…………」

「請您慢慢享用。」

薇兒說完這些就走了。

好奇怪。明顯很可疑。是哪裡可疑，連我都說不清楚，總之很可疑就對了。

那傢伙可是變態女僕。之前一天到晚做些類似強制猥褻的行為。豈止是打擦邊球，有很多時候都已經超出界線了。

「……不。」

是不是我想太多了啊。

如今回想起來，昨天跟前天都沒發生什麼事情……嗯，先別去想那傢伙的事情好了。把自己逼得太緊會累積壓力。

我搖搖頭轉換心情，脫下衣服踏進大澡堂。我不曉得一般人家的澡堂都多大，但我們家的應該超級大吧。稍微湊合一下甚至還能舉辦游泳比賽。話說我不會游泳。

仔細清洗身體和頭髮後，我先把腳尖放進熱騰騰的浴池裡。

整個人進去以後再浸泡到肩膀，這時我口中發出盛大的嘆息，大到讓人懷疑是不是人生的幸福全都溜掉了。

「唉～～～～～～～～～……還以為我會死……………」

腦子裡浮現的，都是白天決鬥的片段。

那個金髮男——約翰・海爾達似乎打從心底不爽我。但這也難怪。沒有實力又沒有做出任何成績的貴族小姑娘突然變成頂頭上司，任誰都會想反抗吧。反而是其他那些把我當神明信奉的人還比較奇怪。

沒錯，約翰才正常。

其他人若是知道我的真面目，肯定會像約翰那樣以下犯上。

今天多虧有薇兒才僥倖獲勝，下次他如果說還要跟我決鬥，我一定會死——

「…………」

這樣想來，我真正的夥伴也許就只有薇兒一個人。

那傢伙不會把我罵到臭頭。

願意接受我所有的弱點。

兜兜轉轉到頭來還是會幫助我。

「……是不是跟那傢伙道個謝比較好。」

「那就請您充分表達謝意。可以的話希望不是用嘴巴而是用身體表現，可否容我馬上抱緊妳？」

「果然變這樣！」

我早就預料到了，因此行動迅速。當我聽見旁邊出現「那有勞了」這句臺詞，人就已經跑走了。可是我卻一不小心忘了那個變態女僕擁有超乎常理的肉體機能。我「唰唰唰」地撥開熱水逃走，才走了五步而已，那個變態卻化身蝗蟲怪物飛撲過來，我的行動一下子就被她封住。

「可惡——！妳怎麼會在這！不是有工作要做嗎！」

「那些都是謊言。」

「妳這傢伙自首的倒是挺乾脆——喂，別揉那種地方啦————！」

情況就是這樣，我邊發出慘叫，邊梨花帶淚地抵抗，事情就發生在這個時候。

突然間，我看見薇兒放在我肚子上的手指，上頭浮現看了會令人心痛的紅腫痕跡。

這該不會是——

「來吧可瑪莉大小姐，請您做好跟我一起泡澡的覺悟……」

「妳是不是受傷了！」

「唔……」

時間彷彿靜止了。

下一瞬間，變態女僕迅速跟我拉開距離。這種感覺好新奇，但眼下那不是重點。薇兒一臉淡漠，臉上面無表情，將雙手藏在背後。

「……只是起水泡。明天魔核就會讓我恢復原狀。」

「可是看起來好像很痛……？」

「身體的痛楚總有一天會消失。那種事微不足道。」

問題不在這裡，我突然想到某些事情。

「把妳受傷的原因說出來。」

「我不能說。」

「那這是業務命令，我命令妳說。」

只見薇兒陷入沉默，看起來很困擾的樣子，可能是發現我心意已決，最後才放棄抵抗，開口說了。

「為了殺掉約翰・海爾達，我有弄讓人掉落的洞穴對吧。」
「嗯。」
「那些全都是用鏟子挖的。」
「全部都用手弄的!?」
「因為我只會用猛毒魔法。」
「……這、這樣啊。」
「…………」
我們兩個人誰也沒接話，持續對望。
變態女僕的臉頰變得越來越紅。
並不是全裸讓她感到害臊的關係。而是被我指出受傷一事，因而感到難為情。
我心想這個人在感性層面的表現還真奇怪。
「……不好意思，讓您見笑了。」
薇兒她看起來似乎真的感到很抱歉，還向我低頭。剛才散發的變態氣息已經完全不復存在——真是的，怎麼會有這麼笨拙的人。
「這種事情一點都不難堪。」
下定決心的我靠近薇兒。可是一來到她面前，我就覺得很難為情，這才將臉轉向旁邊，直接就地坐下。

在熱水中抱住膝蓋，努力逼自己說些話。

「薇兒為了我，那麼努力。如果沒有妳，我想我現在已經死翹翹了。對妳——就是、我很感謝。所以……就別隱藏為我受的傷了。該怎麼說呢……說這種話，也許妳會覺得有負擔……可是我也應該一起承擔妳受的傷才對……也就是說……」

我要說的話最後不了了之。話語這種東西，果然沒辦法確切表達出人心所想。這下子我想說的，連一丁點都沒有傳達出去吧。是說我連自己想說些什麼，其實也不是很清楚。

「不、不管怎麼說，我都很感謝妳。就是這樣。妳懂了吧？」

怎麼可能懂啊——雖然我那麼想。

「我都明白。」

「……咦？妳聽懂了？」

「這下我知道可瑪莉大小姐很喜歡我。」

「…………」

感覺她好像弄錯什麼了，算了就這樣吧。

「可瑪莉大小姐。」

「什麼事。」

「可瑪莉大小姐都沒變呢。」

我這時偷偷看了薇兒一眼。令人驚訝的是，她臉上浮現些許笑意。

「我可是平凡的吸血鬼。跟妳和隊上那些變態不一樣。」

「不，我不是那個意思……」

然而薇兒話說到這邊突然停了，似乎有了別的想法。那讓我不解，算了，反正也不是什麼大不了的事情吧，就別管了。

相對的，我將自己原本就有點擔心的事情說出口。

「……對了，跟我在一起不會很辛苦嗎？要讓我這麼沒用的吸血鬼保住性命，我覺得應該很不容易……」

「這倒不盡然。因為我有特殊能力。」

「猛毒魔法？」

「是《烈核解放》。」

那是什麼。

「這股力量跟魔法不一樣。雖然有點難掌控——總而言之，可瑪莉大小姐用不著擔心。我從來不覺得協助可瑪莉大小姐很辛苦。」

我不是很明白。

「……這樣啊。可是，妳為什麼對我那麼執著。這樣有點噁心。」

「因為可瑪莉大小姐是一億年來難得一見的美少女。」

「這我知道啊。重點不是這個啦，才不是那樣。是我很好奇這背後有沒有更特殊的理由。」

那讓薇兒略微發出嘆息。

她隔了一小段時間才開口。

「我犯了罪。」

「這我也知道。」

「咦，您知道……？」

「就是妳老對我性騷擾。」

薇兒接著擺出像在說「什麼嘛——」的表情。她聽了這話就放心，我不懂為什麼。醜話先說在前面，假如我濫用公權力，那妳的資歷上一定會多出犯罪前科……咦？那表示我可以掌握這傢伙的弱點吧？可以擺脫草莓牛奶的魔咒？

「那不是可瑪莉大小姐認知中的罪孽。是更加深重的罪。」

「更深重的罪孽……!?難道是對睡著的我惡作劇……!?」

「那個我每天晚上都有做，不是的。是更久遠的事情——我為了贖清這份沉重的罪孽，才會來當女僕侍奉您。等到時機成熟，我再跟您說吧。」

「這、這樣喔…………………………嗯？」

感覺前半段好像有句話不能聽聽就算了，可是薇兒的表情實在太過憂傷，害我什麼都沒能說出口。

重罪。重罪啊。看她剛才的態度那麼嚴肅，應該不是單純的變態犯行。雖然很好奇，但是這傢伙不想說也沒關係，我就耐心等待吧。

後來好一陣子，我們兩個人都在那悠哉泡澡。

難得一見，薇兒並沒有進一步做出變態行為。

害我覺得不滿足——不對不對不對不對！我快醒醒！已經被茶毒了啊！

逆月

這裡是帝都下級地區的酒吧「曉之扉」。幾乎看不到什麼客人，整間店安安靜靜，約翰‧海爾達在裡頭心情不悅地喝著加了血液兌成的酒。

決鬥事件發生後，過了一星期。

在這一星期內，約翰的人生一百八十度大轉變。

因為輸給黛拉可瑪莉的關係，他被趕出部隊，原先約翰就是犯下縱火罪才會被丟到第七部隊，事到如今不可能再回去第一至第六部隊。換句話說，他只剩離開軍隊這條路可走。

從前他是被人封為「獄炎殺戮者」天才新人，原本想著總有一天要坐上七紅天大將軍的位子。卻因為那個小姑娘的緣故，一切都付諸東流。

「唉！真讓人不爽——喂，再來一杯。」

「你喝太多了。」

Hikikomari
the Vampire Countess
no
Monmon

「無所謂啦。我有的是錢。」

「問題不在這……」

對方嘴上抱怨，還是將酒倒進約翰的杯子裡。

這間店的店長在帝國境內算是很罕見的外國人——是有著特殊淺黑色肌膚的翦劉種。若是來到母國的魔核影響範圍外，死了就沒辦法復活。也就是說還得跑到母國以外的地方來開店以維持生計，這樣的人背後不是有難言之隱，就是喜歡幹些離經叛道的事，再不然就是對自己的力量有絕對的自信。

約翰這時用空洞的眼神看店長。

「老闆，你知道黛拉可瑪莉・崗德森布萊德這個人嗎？」

「是新上任的七紅天吧。人們都說是最年少的大將軍，還引發話題。」

「沒錯。可是那傢伙既沒有實力也沒有立下功績！應該要讓我來當新的七紅天才對，都被那傢伙搶走了！」

「也太慘了吧。」

「對，真的很慘。這下子姆爾納特帝國的歷史將會改寫。原本我還想率領第七部隊，把其他國家燒個精光……」

店長悄悄發出嘆息，約翰就連這個都沒注意到。他的腦袋瓜裡只剩下黛拉可瑪莉的事情。該怎麼做才能燒死那個可恨的大將軍閣下？要怎樣才能將她拉下七紅天的寶座？——即便在決鬥中輸得悽悽慘慘，約翰還是老想著這些。

而這樣的執念，往往都會帶來最壞的結果。

「這話聽了倒是挺有意思。」

一道甜膩的嗓音適時傳進約翰耳中。

吃驚的他轉頭看去，神不知鬼不覺間，已經有個戴著狐狸面具的少女來到約翰身旁，還在替他倒酒呢。

「什麼……妳是什麼時候出現的。」

「哎呀，莫非是喝醉了？我一開始就在呀。」

少女輕輕地笑了。因為戴著面具的關係，看不清臉龐。約翰心想「天底下像她這麼可疑的人也沒幾個吧」。只見少女拿起酒杯搖晃——

「你是帝國軍中的約翰．海爾達中尉吧？」

「……為什麼知道我的名字。」

「因為你很有名啊。『獄炎殺戮者』先生。」

聽到對方用嘲弄的語氣說話，約翰皺起眉頭。跟這個少女對話，酒都變難喝了。時間也差不多了，先回去好了——想到這邊，他接著起身。

「黛拉可瑪莉．崗德森布萊德。」

「!?」

「你很痛恨那個小姑娘吧。」

這讓約翰吞了一口口水。少女身上有種不知名的氣息，他發現自己快要被吞噬。知道自己流下冷汗的同時，約翰開口——

「妳是誰？」

少女輕輕地笑了一下。

「我是米莉桑德。崇高的『逆月』成員。」

那讓約翰一陣錯愕。少女滿不在乎地提起「逆月」——那不就是近年來在六國引發騷動的恐怖組織名稱？標榜著不祥的座右銘「死亡乃生者的本懷」，企圖破壞各國的魔核，就是那個團體。

「開玩笑也該有個限度。我可不會上當。」

「你不相信也沒關係。但我要說的事，對你來說也有好處。」

少女邊說邊將酒含入口中。她原本打算喝。

卻因為面具「喀」地撞上玻璃杯邊緣，動作才停擺。

「……喝醉酒的是妳才對吧？」

無法被面具完全遮住的耳朵微微泛紅。

「你不相信也沒關係。但我要說的事，對你來說也有好處。」

「嗯？嗯嗯？時間逆流了……」

「在說什麼傻話？你果然是喝醉了吧？」

嘴裡一面說著，少女將面具拿下來。

狹長的雙眸令人印象深刻，那般美貌展現於世人面前。這次少女真的喝到酒了。

是說仔細看才發現那並不是酒，而是葡萄汁。她還未成年吧。

少女將酒杯放下，雙眼目不轉睛地看著約翰。

那是一雙有野心在熊熊燃燒的邪惡雙眸。

「你是姆爾納特的軍人吧？」

「對、對啊……應該吧，目前還是。」

「皇帝的寢宮布有結界，但你身為相關人士，應該能夠進去。」

約翰一時間沒聽懂。

看到約翰不由得渾身僵硬也不當一回事，少女——米莉桑德有如惡魔般輕聲細語。

「——要不要跟我合作？我跟那個小妞也有私人恩怨。」

# 4 闖入者

我開始覺得自己可能會在最近掛掉。

話說只要一碰到那些部下，就有好幾次都跟死神擦身而過，但我說的不是這種物理性死亡，而是被壓力壓死或是過勞死之類的，感覺越來越有機會成真。

這一個月來我都沒有休過像樣的休假，一直在工作。

都是前些日子的新聞害的。我凶惡的殺人意圖（天大謊言）在六國之中散播開來，他國那些意氣風發的大將軍都紛紛向我宣戰。

首先，決鬥結束後過了五天，我們要再次跟拉貝利克王國作戰。那邊的哈迪斯・蒙爾基奇中將（大猩猩）似乎很想將我先姦後殺，攻勢之猛烈完全不是上一次可以比擬。戰到最後，大猩猩還親自衝進我待的大本營，那傢伙丟出的【臭臭球】刷過我的臉頰，曾經發生這樣的事件。千鈞一髮之際，梅拉康契出面把他幹掉，所以我最後沒事，但一不小心沒弄好早就死了。

總之後來戰爭也沒有消停。

跟拉貝利克作戰完，隔天我們要跟蓋拉·阿爾卡共和國打仗，接著是北極聯邦，再來是天照樂土——每一場戰鬥都激烈到讓人懷疑自己可能會沒命，但總算都在我得親自上陣前結束掉。簡單講，這形同迎來奇蹟性的全面勝利。

那成了我新的壓力來源。

第七部隊連戰連勝的捷報傳回姆爾納特帝國，不管是政壇還是民間都為之譁然。根據薇兒所說，宮廷裡頭好像常常有人提到我的名字，試著打開報紙看就一目了然了，上面一定會報導我的事情。而且還不是只有軍事方面的，甚至去挖跟我個人比較有關的資訊，簡直沒救了。像是我之前都在什麼地方做什麼，喜歡的食物是什麼，假日會做什麼事情——總之我承受的精神壓力難以估計。

不過將我的精神狀態逼到極限的另有原因。

都是因為宴會的關係。我的部下們未免也太會取樂，逮到機會就企圖舉辦盛大的宴會。事實上光是這一個月內，他們就辦了十二回左右。我每次都覺得胃快要撐壞。我原本就不太擅長社交，當然不適合來參加這種群體活動，一不小心可能還會被人發現我都是在虛張聲勢，所以我必須時常繃緊神經。如果是賓果大會或饒舌大會，那還好說，當他們展開廝殺大會，我就只能跑到廁所躲起來。

還不只這樣。

為了避免部下以下犯上，我還得討好他們。於是我動不動就要以慰勞為名，四處發放親手做的點心。不過這好像有一定的效果，當我拿點心給他們，那些人就感激涕零地說著「還會為我們著想的閣下好溫柔！」……太好了，不枉費我賣力做這些點心。

總而言之言而總之，連在戰爭以外的部分，我也獲得部下支持，可是跟他們拉近距離後，其他問題有如雨後春筍般冒出。

對心地善良的上級長官產生親近感，最近那些部下都會輪流來我的辦公室露面，跟我談些不痛不癢的事情。一開始會說到興趣、喜歡吃的菜色，都是些無聊的內容，但隨著時間進展，開始變成「其實我在煩惱未來出路」、「沒辦法早起一直是我的煩惱」、「最近魔力沒什麼長進很煩惱」、「想跟您諮詢戀愛方面的問題……」，他們逐漸吐露出藏在心裡的複雜心聲。這裡可不是人生諮詢室啊——我很想這樣回，但又不能隨隨便便對待那些部下，於是除了處理文書工作，我還要跟他們個人面談。根據我之前的人生經驗（滔滔不絕），給予正確的建議（這還是我拚命想出來的），給那些年長的男性當頭棒喝。原本以為這樣下去會激怒他們，莫名其妙的是卻受到極大好評。於是我的辦公室前每天都會大排長龍，其他的七紅天還笑我「崗德森布萊德小姐也算是特異獨行呢」。

那導致我最近都沒時間休息。

說句不客氣的。

「——叫人怎麼做下去啊，笨蛋！」

「砰——！」的一聲，我敲桌子從椅子上站起來，在我旁邊侍奉的薇兒不解地看著我。

「您怎麼了？簽名會就快開始囉。」

「那個什麼簽名會也莫名其妙！不管怎麼看都不覺得這是將軍的工作！看看其他七紅天，都沒人做這種事啊！」

這裡是姆爾納特宮殿的大講堂。

就像平常那樣，我被變態女僕綁架過來，三兩下被迫換穿軍服，拉到豪華的椅子上坐下。我心中一把怒火熊熊燃燒，逼問她理由後，變態女僕一臉不在意地回道

「接下來要舉辦可瑪莉大小姐的簽名會」。

把我帶上戰場還能理解（錯了我不想理解），然而莫名其妙的是，我卻得做這種偶像才會做的事情。因為我是一億年來難得一見的美少女嗎？

「有需求就有供給。其他的七紅天都是讓人喘不過氣的男性，可瑪莉大小姐卻是有如天使一般的可人美少女。需求量非同小可。」

「就算是那樣好了，其他還是有很多事情需要做啊。馬可要我推薦魔法教科書，我得先去調查一下；德瑞沙要我傳授點心食譜，我還得去整理；達尼洛聽說要

在朋友的結婚典禮上致詞，我要幫忙想文案；然後我也還沒想到讓羅蘭和妻子重修舊好的方法，再來就是貝爾克——」

「您要為很多不必要的事情加班呢。真棒。」

「哪裡棒了！給我休假啦！」

「請您放心。今天在文書事務上會讓您休假一天。」

「這根本是最糟的黑心企業！」

「來，客人差不多快進場了。」

「咦，先等等……」

我都還來不及為自己抱不平，大講堂的門就打開了，有好多吸血鬼湧進來。哎呀沒辦法，現在就先專心辦好簽名會吧！心情是轉換了，心臟卻撲通直跳。糟了我好緊張，快吐了。話說還以為來的都會是年紀跟我差不多的女孩子，沒想到男性客人也不少。有點可怕。

「是……是閣下本人。」「氣場就是不一樣。」「不愧是最年少最凶殘的七紅天。」「但是比想像中更嬌小呢。」「這樣反而更對味。」

在工作人員的指引下，那些粉絲（？）逐漸靠近我……剛才有人說我很嬌小，害我有點受傷。別看我這樣，我每天都有喝牛奶喔。不對那不是重點，接下來要切換成將軍大人模式，裝出威風凜凜的樣子。

「那、那個，我叫做拉格納！是閣下的粉絲！來，請您簽名！」

第一位是紅著臉的少年，感覺他現在緊張到快爆炸了。好吧我好歹也是七紅天，光看我的職稱會嚇到渾身發抖也是沒辦法的事情吧。來的人如果是像這樣的，我也不用打腫臉充胖子。

我從少年手中拿過色紙，用很熟練的手法流暢簽名。為未來出道當作家預做準備，我平日裡都有在練習。簽完就想直接將色紙還給他，但我突然轉念一想。其他姑且不論，光用那種愛理不理的態度回應，是不是會留下超差勁的印象？——於是我就努力擺出笑容，對他這麼說。

「謝謝你，拉格納。下次的戰爭也會為了你努力的。」

「!?」

少年收下色紙後，看起來似乎有話要說，嘴巴一下子張開一下子閉起。

喂，連耳朵都變紅了，沒問題嗎？

「你怎麼了拉格納。是不是發燒了？」

「啊，沒、沒有——謝謝您！再見！」

目送那宛如脫兔般逃走的背影，我心中有股不安開始竄升。只見薇兒面有難色地開口。

「可瑪莉大小姐，請您別過度玩弄粉絲。」

「玩弄？我是不是哪裡做錯了？」

「原來沒有自覺——」薇兒臉上的神情瞬間一僵，但馬上又像平常那樣變得面無表情，接著補充「總之請您別跟粉絲過度接觸——下一位請上前。」

在那之後是沒完沒了的簽名。真是太遺憾了。假如這是作家的簽名會倒還不錯，但卻是統領一群現世暴徒的將軍在開簽名會，這才讓人討厭。

只是客人都很和善，讓我頗有好感。「我會替妳加油！」「請您加油！」，大多數人都給予如此真摯的回應，但也有一些怪人會說些意義不明的話例如「請您每天早上替我煮味噌湯」或是「請每晚喝我的味噌湯」，但基本上氣氛都很和樂，好感恩。

「閣下！待會請您務必和在下營造愛的咕咚!?」

最後快結束時，甚至還發生薇兒突然勒客人脖子的絞殺事件，除此之外沒有出太大的問題，簽名會就此結束。

等到結束的時候，時間已經來到傍晚了。

確認最後的客人也離開講堂，我累得癱倒在桌子上。

「受不了了。累個半死。好想回去。」

「辛苦您了，可瑪莉大小姐。今天已經沒有工作要做了，您就快點回去吧。我們一起泡澡，來洗好多地方吧。」

「嗯…………不對我在嗯什麼！弄錯啦！」

真是不能大意，不能讓人有機可乘。話說自從跟約翰決鬥完，那天過後，我就再也沒有跟這傢伙一起洗澡。隔天薇兒也一臉理所當然地闖進澡堂，我對她說「妳太喜歡性騷擾我，我會討厭妳喔！」不曉得為什麼，她一臉絕望地撤走。雖然我搞不懂是怎麼一回事，不過效果似乎一級棒。下次她又對我做些什麼，我就再說一遍好了——想著想著，我突然聽到一個熟悉的聲音。

「——嗨可瑪莉，妳很努力嘛。」

「爸爸？」

這一看，才發現是個身穿黑色外套的高大吸血鬼站在那。

「你怎麼會在這裡？工作怎麼辦？」

「我做完工作要回去。有跟皇帝陛下稍微聊了一下——話說回來。」爸爸話說到這邊，臉上浮現滿意的微笑，接著說道「簽名大會看起來真是盛況空前呢，說這裡吹起一股可瑪莉風潮也不為過。照這個樣子進展下去，搞不好真的有機會當上皇帝喔。」

這麼說來，我曾經提過那檔事。

「別這樣啦。我又沒打算當皇帝……」

「先別急。就算現在沒那麼想，之後也有可能改變想法。再說陛下也給予可瑪莉高度評價喔。」

「咦，那個變態——陛下有說？」

「就是啊。最近有恐怖分子還什麼的出現，鬧得沸沸揚揚，就是那個『逆月』。倘若出現優秀的七紅天，光這點就具備十足的嚇阻力。」

「可是我一點都不強……」

「沒關係。因為可瑪莉——」爸爸話說到這邊止住。

「——不，沒什麼。話說可瑪莉，妳口中的變態陛下發出邀請函。」

爸爸從懷裡拿出一個像是信紙的東西。一股強烈得要死的不祥預感浮上心頭。

「這是宴會的邀請函，給可瑪莉妳的。」

○

下班以後聚餐會給加班費吧？咦？不給？一毛錢都不給？應該可以補班休假吧？沒有？是這樣啊，我知道了————去死啦！

我在心中大聲鬼叫，但沒辦法改變任何事情。

簽名會隔天。我來到姆爾納特宮殿裡的「喝采之廳」。

被迫參加皇帝主辦的站著吃宴會。在廣大的會場裡，各個角落都設置了擺滿豪

© riichu

華料理的桌臺，姆爾納特帝國的貴族彼此相談甚歡，還不忘在自己的盤子裡裝一堆肉。

然而說到我這個人，就只顧著在會場角落一個人杵著。

我的右邊有變態女僕薇兒。

左邊有瘋狗殺人魔貝里烏斯·以諾·凱爾貝洛。

薇兒就算了，至於貝里烏斯為什麼來這，都是因為皇帝下達了命令，要我帶兩名部下前來。照常理來想應該要找階級最高的梅拉康契，可是那傢伙有點特異獨行，我就打消念頭。左思右想後決定採取刪除法，找貝里烏斯前來。雖然這傢伙也是一個殺人犯。

總而言之言而總之，我盛裝打扮（被迫盛裝打扮）來到宴會會場，但我就只能身旁伴著兩個得力部下，在牆壁邊邊小口小口喝牛奶。理由簡單明瞭，就是我不擅長交際。

「──閣下，我們該做些什麼呢？」

貝里烏斯臉上也浮現困惑的表情。我把玻璃杯裡的飲料喝光，抬頭斜眼看那個狗頭男。

「你是不是不擅長應付這種場合？」

「……是，老實說很不擅長。因為之前都過著跟上流社會無緣的生活。」

這麼說來，印象中這個人的履歷表上寫著他來自下級地區。

只見貝里烏斯不怎麼愉快地「嘖」了一下。

「……那幫貴族個個自私自利，把我們這些下級居民都當成螻蟻看待——啊，不是！閣下不一樣。」

原來如此，他也是吃過苦的啊……

「放心吧，如果有人想要對你不利，我會把那些人趕跑。我好歹出自帝國中數一數二的名門。只要拿出崗德森布萊德的家名嚇唬一下，那些沒水準的貴族會連鞋子都來不及穿就逃走吧。」

「不，怎敢勞煩閣下……」

「別跟我客氣。我可是你的上司——再說你不用這麼卑微啦。能有如今這一刻，都是靠你努力換來的。加入帝國軍，以第七部隊一員的身分打出戰績，還被招待到皇帝主辦的宴會上——普通的吸血鬼沒這樣的成就。你該感到驕傲。」

「閣、閣下……」

那讓貝里烏斯一臉感激地俯瞰我……我好像說了很自以為是的話，害我開始覺得不好意思。

「總之還沒習慣之前，你可以默默吃些餐點沒關係。吃著吃著就會有人來找你說話了吧。還是你要跟我聊天？」

「您還是跟我來點鹹溼的對談吧。可瑪莉大小姐的弱點在哪呢？我的是在肚臍下面的——」

「妳閉嘴啦！這裡人很多耶!?」

「那等我們兩人獨處再來促膝長談……」

「這樣就夠了！我要跟貝里烏斯聊天！」

我不再看變態女僕，把頭轉向貝里烏斯那邊。來吧，我們來暢談一番。為了不讓其他人懷疑「那傢伙是不是沒人陪？」如果對手是你，我應該還能聊到某個程度。因為你是狗，就很像寵物。

「……就算您要我跟您聊天，我也不曉得該說些什麼。」

「說什麼都可以呀。例如明天的天氣，你的嗜好或是喜歡的點心。」

「那麼，想談談目前六國的角力關係，懇請閣下惠賜意見。」

「角、角力關係？」

「尤其是最近很猖狂的蓋拉．阿爾卡共和國，想徵詢您的看法。」

「喔喔……蓋拉．阿爾卡。嗯，聽說那邊的炸蝦很好吃。」

「不，我要談的不是這個……」

正當貝里烏斯還想說些什麼，我就聽見某個少女高聲說話。

「看看，原來是美麗的可瑪莉！玩得還開心嗎？」

心懷不祥預感的我轉頭張望。站在那裡的人擁有色彩如月光般的髮色和眼睛，這點特別讓人印象深刻，是位空前絕後的美少女。身上穿的服裝豪華絢爛，服裝下豐滿的胸部尺寸也豪華絢爛，但身高卻跟我差不多，是很稀有的存在。

也是亂親我的真凶，姆爾納特帝國的變態皇帝。

薇兒和貝里烏斯惶恐地下跪。我當下也想跟著屈身，奇怪的是變態皇帝卻抓住我的雙肩阻止我。

「免禮免禮，今日這場宴會不講身分。再說朕跟可瑪莉交情都這麼好了，這些不必要的禮節自然都可省略。」

「是、是這樣嗎？」

「就是這樣。呵呵，妳也可以直接叫朕『小蕾』喔？」

好近。小蕾妳靠太近了。還有別再摸我的肩膀，要起雞皮疙瘩啦。

我看看左右那兩個人，想要尋求幫助。貝里烏斯儼然是條忠狗，都沒吭半點聲。薇兒則是臉色超級難看，外加渾身顫抖……不對，這是為何？難道在嫉妒？

「對了可瑪莉，七紅天的工作做得如何？」

「我也不知道該怎麼說。」

「我看連問都不用問了吧。妳在就任之後，才花一小段時間就把夭仙鄉以外的四個國家攻破了。簡直可以說是勢如破竹。從未見過這樣的七紅天。」

不管怎麼想都覺得只是運氣好罷了。

「今天為了犒賞妳的功勞，才會邀請妳參加這個宴會。來吧來吧，盡量吃盡量喝。朕來替妳拿好了？有夏季蔬菜搭配血紅素，鮮血燉鱷魚肉，百分之百鮮血果汁──啊對了，妳沒辦法喝血。那就去那邊的桌子看看好了。有很多沒有加血的料理。走走走。」

皇帝毫不猶豫地抓住我的手，用那大到堪比馬的蠻力將我死拖活拖拉走。從談笑的貴族群中穿過，來到另一頭的桌子那邊。上次跟這個人對談是很久之前的事了，照樣還是一位難以捉摸的大人物。說老實話我覺得很難應付。而且那兩粒好大。從剛才開始胸部就一直在碰我的手。怎麼會這麼大。平常都吃了什麼。果然還是喝血的關係吧。可惡的東西。

「──呵呵呵。說真的，這下朕就放心了。」

在盤子裡放了堆得跟山一樣高的香腸，皇帝壓低音量說道。

「妳從三年前開始就一直關在家裡。原本還擔心這樣下去是不是很難回歸社會，看樣子妳的父親賭對了。」

「賭對？」

「對。強制讓妳當上七紅天，藉此來到外頭的賭注。一般而言，強行要把關在家裡的人帶出來不容易吧？會大哭大鬧，嚴重的時候甚至會攻擊父母親……不過，妳並沒有那樣。」

那倒也是。因為又哭又鬧沒意義。我的肚子上已經出現契約證明了。如果丟下七紅天的職責不管，我就會爆炸而死，這是最爛最差勁的契約證明。而給了這個證明的人——不是其他人，正是眼前這名少女。

「妳是不是很恨擅自締結契約的朕？不過這都是妳父親拜託的。畢竟他都捐贈好幾千萬了，總不好拒絕嘛？」

原來私底下還有這樣的交易!?這完全是瀆職事件吧!?

可怕的檯面下交易令我感到恐懼，這時皇帝臉上的表情忽然放緩。

「哎呀，看來妳並沒有恨我。可瑪莉的雙眼就跟姆爾納特的傍晚一樣，是清澈的紅色。妳應該很享受目前的生活。」

「這……」

皇帝緩緩伸出手，令人不解的是，她將手放在我的下腹部上。而且還隔著衣服溫和摩挲。

「可瑪莉的身體已經不屬於妳一個人的。這話的意思，妳聽明白了嗎？」

不懂啦。小心我告妳。

「意思就是妳已經有很多值得信賴的部下了。不——不只是部下而已，還有帝國裡頭眾多的可瑪莉鐵粉，這些自然不在話下，甚至是出席這場宴會的人，其實從剛才開始就很想跟可瑪莉說話，一直蠢蠢欲動。是因為不能比身為主辦人的朕還早來接近妳，才一直忍著吧。」

先等等。可瑪莉鐵粉是什麼東東。那些人聽了可能會很困擾啊。

不對不對，先不管這個——

「妳說我不是孤單一人？」

「沒錯。原本妳就不曾孤單過——但現在有更多人支持妳。妳不需要再畏畏縮縮了。來，張嘴——」

嘴裡一邊吃著皇帝送過來的小香腸，我不免感到困惑。

將肉塊吞下去之後——

「……妳為什麼這麼擔心我？」

那讓皇帝瞬間愣了一下。

「啊、哈、哈。這問題問得真是一針見血。那好吧，就讓朕說說那令人震驚的事實。朕之所以會特別關注妳——理由在於妳是朕前戀人的女兒。」

這下換我呆愣地張開嘴巴。不過皇帝趕緊搖搖頭。

「啊啊不對，朕說的戀人，並不是妳的父親喔？」

「那就是——」

「從前朕和妳的母親曾經立下海誓山盟。」

「…………」

我聽不懂耶？我家那個老媽都幹了些什麼？

「可是卻被阿爾曼那個蠢材——就是被妳的父親睡走了。真是的，尤琳那傢伙也很不講義氣。身邊都有朕了，卻被其他男人迷得暈頭轉向，最後身心都被奪走。」

太腥羶了，我一點都不想聽。

「只不過——看到可瑪莉就想起尤琳。等到妳長大，會不會變成像她一樣的美女？哎呀好期待好期待。」

變態皇帝開始用很變態的手法摸我的屁股。

變態程度果然不是那個變態女僕比得上的。

戰戰兢兢一陣子後，皇帝突然從我身上抽手，還笑著說「開玩笑的」。

「強迫他人有違朕本意，以前說親過妳也是騙人的。朕並沒有對睡覺中的妳做任何事情。想要締結契約，多得是其他方法。」

她話說到這轉身——

「回歸正題，總之可瑪莉不是孤單一人。有很多人就像朕這樣，很傾慕妳。因此——可別沒事自暴自棄，就像三年前那樣。」

那妳好好享受這場宴會吧。

留下這句話，皇帝踩著優雅的步伐離去。

我沒空去細想她說的話代表的意義。先前會場裡有些貴族一直在偷偷觀察我們，這下他們全都迫不及待地靠過來。說著「您好啊大將軍。」「能見到您是我的榮幸！」「上次戰爭您大顯身手呢。」「今後也期待您的表現。」「不知是否能讓小犬加入第七部隊？」「不嫌棄的話請和小犬相親。」——

被這群高貴之人緊緊簇擁，我卻產生微妙的格格不入感。

這些人確實對我感興趣，但那是因為他們誤認我的實力配得上七紅天這個身分。第七部隊成員乃至於國民都誤以為我很強，才會仰慕我。

皇帝說我不是孤單一人。

但是黛拉可瑪莉．崗德森布萊德的真面目一旦暴露，還會有幾個吸血鬼願意留在我身邊？

這時我才突然驚覺自己有了不該有的想法。

黛拉可瑪莉．崗德森布萊德，妳在胡思亂想什麼。我可是崇尚孤傲的藝術家，只要能夠窩在自己的房間裡看看書寫寫字就滿足了不是嗎？其他人怎麼想，我才不管——不過以下犯上之類的另當別論。

對，我可是自己認可、別人公認的家裡蹲吸血姬。

從三年前的那天開始，直到三年後的今天，一直都是。

「——黛拉可瑪莉，要不要跟我聊聊？」

這時突然有人叫我的名字，把我嚇一跳。

對方戴著狐狸面具。那個戴了奇妙狐狸面具的女孩子正在看我。

這個人是怎樣，已經不是特異獨行能夠形容的了。

「請、請問……妳是哪位？」

「只是路過的大貴族。有意見？」

「是沒有……」

對方的語調莫名帶刺。老實說怎麼看都像可疑人物。不過這個宴會會場似乎有布下結界，她都能夠在這裡進出了，代表不是需要太過警戒的對象吧。

於是我就切換成將軍大人模式。

「嗯，是這樣啊，那就一起來暢談一番吧。妳用不著太拘謹。今天晚上我們拋開身分，省略那些繁文縟節，來聊一聊吧。」話說我對那些繁文縟節其實也沒什麼概念。

這時狐狸面具女「呀哈哈哈！」地笑了，害我有點嚇到。

「有趣，真有趣。就如傳聞所說，行事風格自由奔放呢──那妳果然也有給部下自由裁量權，才能在戰爭中獲勝？」

「嗯……？沒、就是、對……或許是吧。」

「妳如此信賴部下？那個變態集團？」

「也不完全是出於信賴，而是那些傢伙血氣方剛到很誇張的地步。就算放著不管也會奮勇殺敵。」

「甚至輪不到妳出動？」

我點點頭說「對」，接著趕緊補充。「──不，只要我出動，瞬間就能贏得勝利，這可是明確到不能再明確的事實，可是那樣一來就沒意思了吧？」

只見狐狸面具女沒什麼興趣地「喔──」了一聲。

「原來妳考慮這麼多。現代戰爭確實只是用來宣揚國威的舞臺，說穿了就是用來娛樂觀眾的餘興節目。一旦妳出動，將會上演華麗又痛快的單方面虐殺秀吧，可是那樣的確是滿無聊的。」

「沒錯沒錯，就是這點辛苦。假如不用在面子和觀眾接受度之間拿捏，可以不分青紅皂白大開殺戒，那樣還比較輕鬆，哇哈哈哈。」

「說得對極了。上戰場殺人不是為了殺掉敵人，那些廝殺單純是為了宣揚母國國力，只讓人覺得是在侮辱戰爭。」

……嗯？對話搭上線了？

「也、也對，這樣想確實也有道理。」

「就是啊。而對戰爭造成最大侮辱的──黛拉可瑪莉，就是妳。」

「咦？」

「我看到妳能過那種生活就不痛快。以前幹過那種事情，怎麼還能平心靜氣當七紅天？為什麼能夠走在陽光下？被周遭其他人吹捧就這麼開心？」

她在說什麼？

「就是有妳這樣的人存在，這個世界才會腐敗。我就是受害者之一。如果沒有妳，如果沒有妳的話，現在早就——那都不重要了。我對現在的境遇很滿足。被國家流放進而加入『逆月』，這就是我的宿命。」

這個人在說什麼……？

「那、那個——」

「哎呀不好意思。我的名字是米莉桑德．布魯奈特。來跟妳算三年前的那筆帳。」

少女突然將面具拿下。

展露出來的是——我想忘也忘不了的那張臉。

米莉桑德，害我關在家裡再也不敢出門的元凶。

那淡青色的裙子飛揚起來，在我搞不清楚狀況渾身僵硬時，她已經向我踏出一步，右手出現一把銀色的匕首。

「——閣下！」

旁邊突然有人把我撞開，害我整個人彈出去。我倒在桌子上，一頭撞進堆得如山高的肉醬義大利麵裡，拚了命地重新起身站好後，在那瞬間看見的景象讓我懷疑自己是不是看錯了。

少女拿的匕首刺進貝里烏斯的側腹。

「真可惜，砍偏了。」

「……唔、咕啊………」

傷口處不停流出鮮血，在地板上積成一灘紅色的水窪。周遭其他人接連發出慘叫。我搞不懂。發生什麼事了？居然有那麼多血——紅色的血。

「可瑪莉大小姐！請您趴下！」

薇兒在此時大喊。就連魔法超級門外漢的我都看得出有股魔力漩渦出現，從薇兒手中飛出無數的暗器。少女嘴邊浮現淡淡的笑容，將匕首從貝里烏斯身上拔出，像猴子般跳開。沒有打中敵人的暗器刺在菜餚和桌子上，以及來參加宴會的人，被刺中的部位逐漸遭惡毒的紫色侵蝕，將菜餚、桌子以及宴會參加者分解成碎塊。這情景太過恐怖，我的眼淚都快奪眶而出。

「喔——好可怕喔。被打中就死定了吧。」

「下次一定會射中妳。」

「不可能，因為我比妳還強。」

那名少女笑了，臉上浮現邪惡到不行的壞笑。

© riichu

這是怎麼一回事，是什麼情況？

我是不是差點被人殺掉？是貝里烏斯保護我的……？

「誰、誰快來抓住那傢伙！」「有入侵者！」「警備人員都跑去哪了!?」「第一次遇到這種狀況啊!?」「我們究竟該如何是好？」

會場的中央地帶充斥著貴族們的哀號和怒吼，然而身為入侵者的少女卻一臉事不關己地站著。

那讓我心中無比恐懼。

米莉桑德還是跟三年前一樣，一點都沒變。能夠毫不在意地傷害他人，不管其他人如何譴責她，都只會不以為然地笑著，不懂得反省——擁有如此邪惡的氣質。

「——哎呀這個下賤的東西。竟敢來朕的宴會上搗亂，膽大到讓人著迷。想必妳已經做好赴死的覺悟了？」

「妳這皇帝廢話還真多。我根本沒有來搗亂的意思。我呢——對了，是要殺掉妳，還要殺掉阿爾曼・崗德森布萊德，接著再殺掉在那難看發抖的黛拉可瑪莉，這樣我就滿足了。」

米莉桑德轉頭看我。

我的心彷彿被挖掉一塊。

那雙眼睛。那宛如無底泥沼的混濁雙眼。都是因為那傢伙的緣故，我這三年來才會——

「不懂人話的笨蛋就等著受死吧。納命來。」

皇帝的指尖發出淡淡的光芒。米莉桑德則是哈哈大笑，縱身來個大跳躍後，直接在我旁邊落地。那目光就彷彿盯著獵物的蛇，被那樣的眼神盯著，我連動都沒辦法動。

「可瑪莉大小姐！」

「嘖……抓人質未免太卑鄙。」

這下就連薇兒和皇帝都束手無策。米莉桑德用銀色匕首抵著我的脖子，看似要毫不留情地砍下去——但她卻沒有。刀刃陷進脖子上薄薄的皮膚裡，接著就沒有進一步動靜了。最後米莉桑德表現出很掃興的樣子，不屑地笑了一下——

「——無趣。像這樣一下子就結束，未免太無趣。我想要跟真正的妳來場廝殺。」

「妳、妳在說什麼……」

「妳怎麼可能懂我的心情……總之我還會再來，黛拉可瑪莉。下次會殺了妳。沒辦法透過魔核復活，會讓妳嘗嘗真正的死亡滋味——」

妳就好好期待吧。

在一陣邪惡的微笑後，米莉桑德揮動左手發動魔法。當我們發現那不是用來攻擊的魔法時，一切都已經太遲了。

「原來是空間魔法！妳這鼠輩別想逃！」

在皇帝放出的雷電貫穿米莉桑德腦門前，她的身影就如幻覺般消失了。無處可去的雷電朝著四面八方飛散，將宴會會場逐步破壞掉。有好幾個人被劈中腦袋，就此沒了性命，但現在根本沒空管那個。

難得臉色大變的薇兒協助我起身。

「可瑪莉大小姐，您有沒有受傷？」

「喔、喔喔，我沒事，但是貝里烏斯……」

那個狗頭獸人失去意識倒在地上，然而薇兒卻微微一笑──

「您不用擔心。只要有魔核在，就算放著不管也會活過來──」

「是沒錯、但是……」

──我還會再來，黛拉可瑪莉。

頭上還頂著義大利麵的我，為一股強烈的惡寒渾身發顫。

感覺一切都將亂套，這份不祥的預感湧上心頭。

米莉桑德・布魯奈特。

為什麼？為什麼她會來這？我明明就沒做什麼壞事，為什麼她又要來欺負我。

為什麼──

「可瑪莉大小姐……？」

我再也無法做出回應。藏在心底、三年前已經被我封印，那道絕對不能開啟的門如今正應聲敞開。

# 5 家裡蹲吸血姬的黑暗面



「——就讓我們消滅『逆月』吧！現在馬上行動！」

低頭看著那用力「咚！」一地敲上桌子的拳頭，變態女僕也就是薇兒在心中發出大大的嘆息。

這裡是七紅府最上層，崗德森布萊德大將軍的辦公室。

可是將軍她本人並不在這。

隔著一張烏亮的桌子，正在面對面的是薇兒海絲和卡歐斯戴勒·康特。沒有發現其他人的蹤跡。話說房間外面擠滿了擔心閣下的第七部隊成員，感覺隨時都會把房門擠壞。

這時卡歐斯戴勒興奮地開口。

「——那幫人都是對姆爾納特帝國露出獠牙的犯罪者，一定要給予懲罰才行。」

「可是到現在都還沒找到他們的藏身處。即便六個國家合力起來調查多年，一樣找不到。」

「那我們來找不就得了。還是說，要悠悠哉哉等那幫人再次發動攻擊？現在是說這種溫吞話的時候？」

這不能怪他——大約一週之前，有個女人自稱是米莉桑德，突然出現在皇帝主辦的宴會上，不僅攻擊可瑪莉，還讓可瑪莉小隊的幹部貝里烏斯昏厥。

沒錯，就是昏厥。

原本藉由魔核的力量，很快就能甦醒，可是在那之後都過了一星期了，貝里烏斯到現在還沒醒。不僅如此，連被匕首刺傷的傷口也沒恢復跡象。

至於這代表什麼，金髮巨乳美少女皇帝是這麼說的。

「那傢伙用了神具。想要抵銷掉魔核的效果，只能用跟魔核同等級的神具。因此想要救助那個狼男，只能在缺少魔核輔助的情況下進行，換句話說，就只能等他自行恢復了。」

在很久以前，那個年代還沒有魔核，據說有一群叫做「醫生」的人很有社會地位，可是來到現代，不管多重的傷都能立刻治癒，那樣的職業就沒有賺頭了。因此就算在帝都裡頭，也幾乎找不到醫生，就算有好了，手法跟古代的醫生相比也是爛到完全無法相提並論，到頭來貝里烏斯還是得被迫自行修復。

而眼前這個卡歐斯戴勒，正想挑起大戰為貝里烏斯出口氣——是有這樣的成分在裡頭吧，但恐怕真正讓他起身行動的是一把怒火。恐怖分子害他敬愛的閣下吃了滿頭義大利麵，他對這個恐怖分子很惱火。

「宮廷那邊都在做什麼啊！恐怖分子可是入侵國家中樞了啊!?這不是國難是什麼！」

「宮廷那邊已經從早到晚都在開會了。他們會這樣也是逼不得已的。」

「那理由呢，是什麼？」

「就是我們這邊可能有奸細潛伏。」

「奸細……？」

這讓卡歐斯戴勒用詫異的目光盯著薇兒看。

「聽說宴會會場出現轉移用的門。擅長空間魔法的中尉想必清楚，【轉移】若是沒有預先製作出兩道門，就沒辦法發動。換句話說，有人事先偷偷溜進會場，造好了門。外人沒辦法做出這種事情。還有一件事，就是另一道門據說設在帝都下級區域的小巷子裡。」

「原來如此——也就是說，宮廷裡頭的那幫人想要引出混進來的奸細，同時還要找找看有沒有其他的門是嗎？」

「對，因此他們才慎重其事開會討論。」

「愚蠢！」卡歐斯戴勒發出如雞隻的叫喊，接著說「有奸細又怎樣!?只要用壓倒性的武力擺平，萬事不就都解決了嗎！」

「唉……沒想到你也不太用腦袋。」

「熱情和冷靜原本就該用在不同的地方。現在就是該熱血沸騰的時候！我們趕緊把隊員都找過來，展開行動吧！首先要對帝都周邊──」

「你這樣是違反命令，康特中尉。」

在一聲「唔呃」之後，卡歐斯戴勒頓時住口。

「可瑪莉大小姐下的命令是『在我回來之前都先待機』。擅自行動的話，你的腦袋可是會跟身體分家，從各方面來說都是。」

「我、我都明白──那麼閣下目前人在哪裡？我馬上去拜見她，請她准許我們出動。」

「她好像去探查敵情了。至於地點，這連我這個近侍都不得而知。」

「是這樣啊……不對先等等，薇兒海絲中尉。剛才那句可不能當作沒聽見。近侍應該是我卡歐斯戴勒·康特才對。」

「你知道可瑪莉大小姐的內褲是什麼顏色？」

「!?」

「不知道對吧。因此我才是近侍──總而言之，在可瑪莉大小姐跟我們聯絡之前，絕對不能輕舉妄動。」

「……可是，閣下真的會回來嗎？」

「這話什麼意思？」

「可瑪莉小隊猶如風中殘燭。約翰離開軍隊，貝里烏斯陷入神志不清的重度昏迷狀態。至於梅拉康契，他甚至用年假去外國旅行。如果連閣下都不見──」

薇兒這才在心裡想著「原來是這樣」。說來說去，這個男人也是會感到不安的。

「──不會有事。那位大人可是皇帝陛下認可的大將軍，將要把天際染紅的稀世英雄。絕對不會捨棄部下。」

講是這樣講，實際上第七部隊已經接近瓦解狀態。

可瑪莉獨自一人前往探查敵情？那種夢話還是留在睡覺時說好了。那名少女不可能有這麼大的勇氣吧。然而薇兒會接二連三說這種夢話，都是為了在第七部隊成員面前塑造可瑪莉的偉大形象，讓他們更加忠心。

離開七紅府後，薇兒直接坐上馬車來到崗德森布萊德家的宅邸。從側門進入宅院裡，自動自發爬上階梯前往二樓。接著在走廊上走一下，她要去的房間就近在眼前了。在被破壞的門扉前站定，她開口呼喊「可瑪莉大小姐」。對方自然是沒有回應。

「……可瑪莉大小姐，打擾了。」

吧。

之後薇兒踩著淡然的步伐進入房內。

房間裡很暗。床鋪上四散著看到一半的書。看樣子是連收拾的力氣都沒有了

她做了個深呼吸，再度嘗試呼喚對方的名字。

「可瑪莉大小姐，您還好嗎？」

「——薇兒？」

棉被裡頭好像有東西在鑽動。

看到對方有反應，薇兒這就放心了，她改用溫柔的語氣續言。

「大家都很擔心妳。就算只是一下下也行，您可以離開房間嗎？」

「才不要。」

對方二話不說拒絕了。

「我出去也只會被殺掉。手無縛雞之力又沒有霸氣的劣等吸血鬼是沒有容身處的，還是當家裡蹲比較適合。」

「沒這回事，康特中尉也很想見您喔。」

「那又怎樣！他一定也會對我幻滅！明明是七紅天卻被義大利麵弄得滿身都是，慘不忍睹！而且還沒辦法保護貝里烏斯！」

這讓薇兒為之屏息，原來那名少女在意的是這個。

「可瑪莉大小姐……」

「還、還有——如果從這裡出去，那個人又會……」

那個人。不用想也知道，就是在說「逆月」的米莉桑德・布魯奈特。以前跟可瑪莉是同學，也是她霸凌可瑪莉，逼她變成家裡蹲。

微微地發出一聲嘆息後，薇兒輕聲說道「我明白了」，看樣子已經打消念頭。

「那麼，我會等您回心轉意。」

先失陪了——稍微行個禮後，薇兒離開房間。

在事件發生後，可瑪莉關在家裡將近一個星期。大概是遭到米莉桑德攻擊，導致她心中的陰影又回來了吧。又或者是累積起來的壓力爆發了。不管情況是哪一種，可以確定的是眼下狀況都不樂觀。就算做飯菜給她吃，她也不怎麼愛吃，狀況很不好的時候，甚至連話都不說了。

才剛在走廊的轉角處轉彎，薇兒就遇到可瑪莉的父親。

「哈囉薇兒，還是不行啊？」

「……是，很抱歉。」

只見她的父親困惑地抓抓臉頰。

「這樣啊，但這也是沒辦法的事情吧。誰都沒想到那個女孩竟然會用這種方式出現在可瑪莉面前——哎呀，真是失策。」

「什麼？」

「說起這個米莉桑德。她是三年前有段時間一直在霸凌可瑪莉的吸血鬼，當時的我無論如何都不能原諒她，就給她的族人全都安上叛國罪名，流放到國外去。沒想到她加入恐怖組織，回來復仇了。頭疼啊頭疼。」

「…………」

「先不說這個了，可瑪莉的事情再拜託妳啦。那孩子心靈比較脆弱又很纖細——最重要的是太善良了。沒有妳跟在身邊，她沒辦法好好活下去。」

「……遵命。」

「嗯，那接下來，我也要先去處理一下工作上的事。」

麻煩妳啦，薇兒——萬惡根源最後只說了那麼一句話，人就踩著悠然的步伐離去。雙眼望著那道黑色身影，薇兒毅然決然地握緊拳頭。

☆

起因都是些微不足道的事情。

一些偶然的小事件惹得米莉桑德不快，等到我發現的時候，事情已經無可挽回了。

像是班上集體行動和魔法演習時遭到無視，這點程度還好。

然而米莉桑德的所作所為越演越烈，還背著我說壞話。我在場的時候，甚至會口吐惡言，以及在我眼前破壞我的個人物品，最後演變成直接對我行使暴力。

即便如此，我還是拚命忍耐。

我是帝國境內赫赫有名的崗德森布萊德家之女，沒想到居然會在學院裡被同學欺負，這種情形照理說是不可能發生的。如果被親戚或其他的貴族知道了，崗德森布萊德家將會蒙受奇恥大辱。所以我沒有找任何人商量，不斷地忍耐。就算被人無視、鞋子被藏起來，教科書裡被人亂塗鴉，午餐遭人扔抹布，桌子上放了枯掉的花，曾經一個人偷偷哭泣——我依然沒有屈服。

因為這些人都是要透過傷害他人才能感到喜悅的可憐蟲。

帶著這樣的想法，我持續忍耐。

可是很快就到極限。

那個時候應該正好是三年前的夏天。米莉桑德就像平常那樣，把我叫到空教室，開口第一句話就是這個。

——喂，那個項鍊借我一下？

我當然拒絕了。

直到現在都還戴在脖子上的這條項鍊，是在現代魔核社會中罕見死於「事故身亡」的媽媽——尤琳．崗德森布萊德的遺物。

看到我難得出手抵抗，米莉桑德覺得很有意思。命令她的那些走狗架住我的雙手，臉上表情就像是找到有趣的玩具一樣，手朝著我伸過來。

就是這個動作，讓我氣到無法克制。

老鼠若是被逼到無路可退也是會咬貓的。瞄準架住我的女學生，我用後腦勺撞她的臉擺脫箝制，邊哭邊設法逃離。然而在那瞬間，米莉桑德的魔法發動了（應該是重力系的魔法），害我摔了個大跟斗。

——竟然敢幹這種事。你們看，她都流鼻血了。

看她臉上滿是惡意和憎恨，我為之戰慄。

——我想想喔，如果給我一根小拇指，要我放過妳也行？呀哈哈哈！

把小拇指交出來，這是常常會上演的霸凌戲碼。不是在打比方。氣勢不夠強大、被人霸凌的那一方，真的得切下自己的小拇指，拿給欺負他的人。

總而言之在我拒絕切斷小拇指後，接下來的事情都沒印象了。

感覺好像一直被人單方面毆打，我想要稍微展露一下氣魄，或許有做些事情讓那傢伙流血。不管怎麼說，等我回過神的時候，人已經渾身是傷，被帶回家安放在床上了。

身上的傷不要緊，馬上就會好。

無法癒合的是心。

米莉桑德深深傷了我的心，從那天開始，我就沒有去學院上學了。在這之前拚命壓下的恐懼和不安一口氣潰堤，讓我無法跨出去。

後續的事情也沒什麼特別值得一提的。

事件發生後整整三年，我都躲在自己的房間裡。

完全不出去，不跟任何人扯上關係，持續從事孤獨的活動——看書或寫書，都做這些無聊的事情。

關在家裡的這段期間裡，我心中的傷逐漸癒合，這點倒是真的。

爸爸跟皇帝大概看出這點了吧。在他們的謀劃下，我當上七紅天，雖不至於恢復到像家裡蹲之前的程度，但我開始能夠出門，像正常人那樣活動。還忘了從前的過往——不對，說忘記太牽強，應該是將那段記憶塵封，裝作什麼事都沒發生過，開始能和其他人交談。

可是這一切宣告終結。

因為米莉桑德來了。

我又要回去過以前那種陰暗寒冷的日子。

「…………」

用力抱住海豚形狀的抱枕，一想到接下來將有慘不忍睹的未來降臨在自己身上，身體就難堪地顫抖。最近我老是把七紅天那類的掛在嘴巴上，過得算是春風得意，然而本質上還是不管去哪都丟人現眼的家裡蹲。

因此我再也不出去了。

已經決定了。

後來經過三天。

米莉桑德沒有出現的跡象。雖然是那樣，我依然無法鬆懈。反而變得神經過敏，只要聽到一點點聲響，肩膀就會跟著抖一下。

三餐都是薇兒送過來的。

每次進出房間的時候，她就會找些話來說，以前會做的那些性騷擾行為，頻率上卻降至極低。舉個例子——

「可瑪莉大小姐，今天的午餐是蛋包飯。您很喜歡吧？」

「可瑪莉大小姐，今天天氣很棒。要不要一起去散步。」

「可瑪莉大小姐，我找到有趣的書了，請您讀看看。我很推薦這本。」

她說的話都像這樣，不至於傷人，卻也沒什麼療效。

然而薇兒口中的「有趣的書」是猥褻雜誌，就這點看來，也許她根本就是個怪咖。

總之我若是願意就會回應她，沒那個心情就化身地藏菩薩像，完全沉默不語。

可是薇兒並沒有知難而退，還是會跟我說話。

這個少女到底在想什麼，怎麼會來搭理我這樣的人？是因為可憐我？還是同情？或我是有錢人家的女兒？可以拿到很多薪水？

話說回來，之前這傢伙好像有說過她「犯下重罪」。

「可瑪莉大小姐，妳不寫新作小說嗎？」

「……………」

「這樣啊。那等您寫完了，請讓我看看。」

薇兒在那之後低頭一鞠躬，接著就從房間離去。

因為門被弄壞了，可以看見她那在走廊上漸行漸遠的背影。

她究竟是什麼人。

☆

在帝都最高的建築——阿爾特瓦廣場鐘塔的塔頂，屹立其上的卡歐斯戴勒意志高昂。那個傷害同袍貝里烏斯、拿義大利麵澆敬愛閣下的可恨女人，一定要把她找出來，懷著這份堅定的意志，卡歐斯戴勒熱血沸騰。

然而眼下卻遇到難關。

自宴會上發生該事件後，已經過了將近兩個星期，到現在都還無法掌握凶手的相關情報。不僅如此，也完全沒看到敵人那邊有任何動靜，宮廷內部飄蕩著安逸的氛圍。

某個大臣是這麼說的，「在那之後敵人都沒有發動攻勢，就算了吧？」這個國家的首腦們是白痴不成？

「閣下……」

卡歐斯戴勒從胸口的口袋中拿出一張照片。照片上是心愛的閣下穿著學校泳裝，害羞到臉紅。都不曉得自己受這張照片關照多少次了。

「您跑去哪了，閣下。」

宴會事件過後，親愛的閣下就沒有到第七部隊露面。根據薇兒海絲所說，閣下好像去探查敵情了。但實在很奇怪，感覺那個女僕似乎在隱瞞些什麼。

「閣下……我對不起您，閣下……」

卡歐斯戴勒在懺悔。

之前那個恐怖分子是戴著狐狸面具的少女。前些日子遇到她的時候，若是可以活捉，事情就不至於演變成這樣。換句話說，這都是他的責任。自己的責任就要自己負。然而要怎麼負這個責任，他根本毫無頭緒。

於是他就決定獨自調查閣下的所在處。

把照片收回胸前的口袋後，卡歐斯戴勒發動空間魔法【異界之門】。憑空取出一個小小的木箱，從木箱裡頭拿出一根頭髮。這是卡歐斯戴勒偷偷採集的，是屬於閣下的金髮。

只要使用這根金髮，他就能找到閣下的所在處。具體來說就是——運用空間魔法【引力之網】涵蓋整座帝都，鎖定與毛髮同形質的吸血鬼所在處。

只不過——

【引力之網】一旦用下去，頭髮就會被魔力轉換，進而消失。換言之若是想找到閣下，他就必須捨棄這根頭髮。那可是他在閣下走過的路上四肢著地趴著找無數次才找到的，是一根至高無上的頭髮。

「……魚與熊掌不能兼得啊。」

沒辦法，只好忍痛用了。反正日後還有機會再弄到手——先是如此說服自己，接著卡歐斯戴勒就朝著眼下那片廣大的帝都風景發動魔法。

空間魔法【引力之網】。等到頭髮灰飛煙滅消失後，卡歐斯戴勒的手掌就放出透明網路，逐漸將帝都包圍。

等了一會後，卡歐斯戴勒收網一看，這才發現令人驚訝的事實。

他要找的人似乎就在崗德森布萊德家的宅邸裡。

她果然沒有潛入敵營——發現藏在祕密背後的真相，那讓卡歐斯戴勒心情高昂，同時在想「那閣下為何沒有到七紅府出勤？」。但他想兩秒就不想了。想必那名少女的想法，不是旁人能夠推測得到的吧，還不如直接去找她確認會更快。

對，他接下來要拜訪閣下的宅邸。一般情況下沒有先知會就去頂頭上司的家裡拜訪，未免太過失禮了，但日前情況緊急。閣下也會大人不記小人過吧。搞不好還能被招待到閣下的房間裡——呵呵呵。

膨脹的想像讓卡歐斯戴勒滿臉笑意，碰巧就在這時。

他身上的攜帶型通訊用礦石出現魔力連接反應。卡歐斯戴勒不怎麼開心地接通訊息，接著就聽見吵死人的饒舌歌在耳邊作響。

『耶——！找到解藥的我太有才。貝里烏斯醒了ＤＯ ＹＯＵ ＫＮＯＷ？』

「什麼……」

那讓卡歐斯戴勒驚訝地睜大雙眼。

照這樣聽來，貝里烏斯平安無事。這點固然讓人開心，但這個饒舌男不是去外國旅行了嗎？原來他是為了找解藥才出國的？

先不管這個。

「梅拉康契，貝里烏斯就拜託你了。我要去閣下家的宅邸一趟。」

『ＷＨＹ？』

「因為我找不到其他線索。」

『耶——！想找線索在鎮上徘徊。聽了別生氣但你找得到嗎？可疑人物卡歐斯還是休息吧（在拘留所），今天的配菜只有白飯（臭酸飯）。』

卡歐斯戴勒一時火大就把通訊系統切了，他回這些也太莫名其妙。

等到卡歐斯戴勒從鐘塔上一躍而下，他就快馬加鞭趕往崗德森布萊德家的宅邸。

☆（稍微倒轉一下）

午餐時間，我不經意問薇兒「為什麼這麼擔心我」。

結果那個變態女僕若無其事地開口。

「當然會擔心。因為我是全宇宙中最愛可瑪莉大小姐的人。」

滿口謊言——我不這麼認為。假如她的目的單純是為了錢和地位，按這傢伙截至目前為止的態度來看，未免有點不求回報。

我沒有去碰那些咖哩，嘴裡小口啃著當作甜點的梨子，接著開口。

「我不懂。薇兒，妳是我失散多年的妹妹？」

「若真要這麼說，我應該也是失散多年的姊姊才對吧。我跟妳並不是姊妹，也沒有其他關聯。」

「那為什麼要這樣？」

這時薇兒的臉變得有點紅，她將目光別開。

「其實之前就想跟您解釋了。」

「…………」

「但我不好意思講。」

「……那就算了。」

「請您等等，不要這麼快就放棄！這種時候應該要說『咕嘿嘿嘿，在害羞什麼呢小薇。來來來，跟叔叔我說說看？』一直追問下去才對吧!?」

「…………」

「很抱歉。現在好像不適合開玩笑……」

看上去像是在反省的薇兒先是吐了一口氣，接著才慢慢在圍裙口袋中東翻西翻。然後她拿出一個信封。

「這上面寫了我內心的想法，請您空閒時看看。」

「……等我有那個心情再說。」

我從座位上慢吞吞地起身，嘴巴裡面還咬著一塊梨子，就這樣鑽進被窩中。今天心情比較平穩了，才會嘗試跟薇兒說話，但也已經到極限了。只要跟那個變態女僕在一起，我就是會忍不住想起將軍啦戰爭啦，這些很血腥的事情。

然而薇兒並沒有立刻走人，而是對我這麼說。

「可瑪莉大小姐，有很多人都在擔心您喔。」

又來了——我聽了就感到厭煩。

「妳有沒有足以擔任將軍的實力、有沒有這樣的腦袋，完全不去管這些卻又很擔心您的人，我想其實比可瑪莉大小姐以為的還要多。唯獨這點，請您一定要明白。」

那一定是假話。連那些第七部隊的成員也不例外，都因為我是七紅天才會仰慕我。假如他們發現我都在虛張聲勢扮演強者，再來剩下的就只有一個毫無魅力、弱不禁風的小姑娘。這我自己最清楚。

「——那我先告退了。等您心情比較平復，再到七紅府——」

對方說話的聲音到一半不自然中斷。

我不以為意地看向薇兒那邊。

這一看讓我的心臟跟著揪緊。

「妳好啊，黛拉可瑪莉。」

「……唔!?」

米莉桑德出現了。就在薇兒背後。藉幽暗之色做掩護，臉上浮現不懷好意的笑容——拿銳利的劍刺進薇兒的背。

「啊、呃、可瑪莉、大小姐……」

白色的圍裙逐漸染紅，嘴裡流出的鮮血，全都滴在桌上那盤咖哩上。她一臉難以置信的樣子，全身痙攣，最後光是要站著都很吃力，當場重重地跪倒。

我連發出聲音都辦不到。

腦海中不願承認這是真的。

「——哎呀，妳怎麼了？怎麼都不說話。難得我特地來見妳，卻連跟我打個招呼都不願意？」

「啊、啊……」

「妳還是一樣沒膽。只不過有人被刀刺中，看了就一臉蒼白——放心吧，這把劍不是神具，放著不管就會恢復了。只是她可能暫時無法動彈。」

「妳怎麼會在這裡？」

「……怎麼會在這？」米莉桑德說著，邪惡的笑意加深，「都跟妳說了，我還會來找妳。難道妳忘了？」

看米莉桑德慢條斯理地靠近，我連動都不敢動。

「呀哈哈哈！妳用不著那麼害怕，我又不會直接把妳抓來吃了。若是要在這種地方展開虐殺，可能會有人來搗亂。」

搗亂？——對了，這個屋子裡有很多人。

想起這件事的我試圖大聲呼喊，就在那瞬間，米莉桑德手掌中放出的魔彈將床鋪打出一個大洞。這太讓人恐懼，害我的嘴開始不聽使喚。

「敢叫就殺了妳，敢掙扎也得死。妳待在那邊乖乖聽我說話就對了。」

「…………」

「這樣就對了，黛拉可瑪莉真是個乖孩子——那我們進入正題。我來這裡的目的不是為了殺人，而是為了上演一場更加悲劇的殺戮秀，要事先做點準備。」

「準、備……？」

「在這裡會有很多人出手妨礙不是嗎？所以呢，我要妳到我接下來指定的地點。還站得起來？」

開什麼玩笑。若是傻乎乎跟著照辦，我可是會被殺掉的。

看我完全沒有回應，米莉桑德臉上神情彷彿在說「我就知道」。

「妳沒辦法自主前來是吧。不過我早就猜到了。妳一天到晚就像個廢物，只會哭又優柔寡斷。唯獨那沒用的正義感，卻比一般人多——所以我才要這麼做。就像三年前的那一刻。」

米莉桑德在這時轉過身，薇兒倒在地上，她去拉她的手。就好像孩子在擺弄人偶，開始拖拉薇兒的身體。

「我要把這傢伙帶走。若想把她要回去，妳就在午夜時分來拉涅利安特之街的廢城。」

「什麼……」

「敢遲到一秒，薇兒海絲就會被殺掉。噢對了，當然只能妳一人前來。如果妳跟其他人說了這件事——妳應該知道這代表什麼意思吧？」

深深的絕望在胸口中蔓延開來。

那種事情——被對方這麼要求，我該怎麼做才好。

「那就說定了。可別太傷我的心喔，黛拉可瑪莉。」

說完這些後，米莉桑德就瞄準被窗簾蓋住的窗戶發射魔彈，玻璃破掉發出巨大聲響。隔了好幾天，刺眼的陽光這才闖進我的房間。我來不及也沒有勇氣大喊要對方站住別跑。那個恐怖分子輕鬆抱起動彈不得的薇兒，姿態宛如野生動物一般，身影從破裂的窗口處消失。

就剩我一個人，什麼都做不到，整個人癱坐在床鋪上。

地上都是血跡。還有牆壁。咖哩。米莉桑德現身了，薇兒被人刺傷，薇兒消失了——

眼前發生的一切令人不敢相信那是真的。我也不願意相信。可是騙不了人的心痛感卻如泣如訴，告訴我這就是如假包換的現實。

怎麼辦。怎麼辦。該怎麼辦——我當下光顧著抱頭發抖。

後來有一小時左右，我都把自己裹在毛毯裡。

等到心情平靜下來，這才逐漸明白事態的嚴重性。

薇兒被抓走了，而且犯人還是恐怖分子。她不一定能保住小命。對方並沒有要求支付贖金，無法仰仗崗德森布萊德家的力量解決。米莉桑德要我獨自一人前往廢城，還說不准去找其他人商量。也就是說這件事情只能靠我一個人想辦法。

我哪有什麼辦法。

我崇尚孤獨與藝術。早就決定要跟所有人斷絕來往，把自己關在家裡。

那個變態女僕會有什麼下場，干我什麼事——

「…………」

這明明不干我的事情、明明就是。可是，我的心怎麼會這麼痛。

一想起跟那個變態女僕相處的日子，我的心就會絞緊，變得悶悶不樂。

薇兒絕對不會對我見死不救。

好比是約翰找我決鬥的時候，還有米莉桑德到宴會會場攻擊我，她都會盡力幫助我。不止這些——這幾天我都躲在房間裡，每天製作餐點送過來的不是別人，就是那個變態女僕。

要對那樣的她見死不救，我怎麼可能辦到。

雖然做不到——卻找不出救她的方法。

對方是十惡不赦大逆不道的米莉桑德・布魯奈特，而且手裡還擁有可以讓魔核失效的神具。要我去面對這麼危險的敵人，救出被囚禁的公主？哪來的大英雄啊。那種浩大工程還是交給帝國軍的將軍去做吧——不對，將軍就是我。

我不由得苦笑。

一個空有名目的大將軍，不曉得有多滑稽。

我是笨蛋。實力明明完全擔不起七紅天一職，開始率領第七部隊的吸血鬼後，整個人卻得意忘形。對，我得意忘形了。嘴上抱怨說「討厭討厭」「不想工作」，但真要說起來，跟薇兒和部下一起度過的每一天都很開心，這我無法否認。再度嘗試變回家裡蹲後，我對此更有了痛切體認。

一個人好寂寞。

覺得自己好像行屍走肉。

比起被迫參加戰爭、有可能被部下殺掉，還有被沒血沒淚的同學霸凌，都要來得難受許多。

所以說，其實我很想到外面去。

從前被霸凌的陰影，真想直接塞進垃圾桶扔掉。

可是我沒有力量，沒有勇氣，腳還在發抖。

假如我擁有萬夫莫敵的戰鬥力，現在馬上就會趕去救助薇兒。然而我是劣等吸血鬼，沒辦法去救她。那要不要見死不救？這也不行，我的心會承受不住。可是我又無計可施──

這個時候我不經意看到放在桌子上的信封。

那是薇兒留下的。

她好像有說裡面寫了她真正的感受。

我小心別讓自己碰到潑灑在各處的鮮血，從床鋪上下來，拿起那個信封。從裡面拿出來的，是乍看之下沒什麼特別之處的信件。

敬啟者

看不見月亮的季節過去，如今夏季的腳步聲已近，不知您過得如何。不過我們每天都會見面，對彼此的事情都很了解。只是想試著按禮節寫一次拜會文罷了。

那麼，不必要的開場白就先省略，直接切入正題吧。我跟可瑪莉大小姐第一次見面是在三年前。您應該很訝異吧？或許可瑪莉大小姐已經不記得了，但三年前的那個瞬間，直至今日我依然留有鮮明的印象。

當時在帝立學院上學的我，是無可救藥的劣等生。不管去哪都很丟人現眼，搞不好還沒資格嘲笑現在的可瑪莉大小姐，簡直就是扶不起的阿斗。這樣的「弱者」會遭到霸凌天經地義，理所當然的，我也被同學霸凌。

霸凌的主嫌就是米莉桑德・布魯奈特。

那個女狐狸完全不曾考慮過他人的心情。只要自己好就好，這種短路又暴力的思考模式讓她在學院裡取得最高地位。我遭受的待遇連去回想都令人髮指，即便如此，意志薄弱的我依然拿不出氣魄抵抗，那個女人就像在行使她該有的權利般踐踏人權，我能做的就只有隱忍。

那些日子黑暗又很冷，日日都讓人絕望，這時出現一道曙光，正是可瑪莉大小姐。

您果然都不記得了吧？當我一如既往遭受米莉桑德他們不分青紅皂白的暴力對待，可瑪莉大小姐突然現身，強行拉住我的手，把我從地獄拯救出來。還說是不是很痛？妳很痛苦吧，已經不要緊了。那樣的一群人，可不能輸給他們。您對我說的話，一字一句都感染著我的心。對當時的我來說——這不是在比喻也不是在開玩笑，真的把您當成救世主看待了。有這麼善良的人在，世界就會變得更好。當時我真的是那麼想，我記得很清楚。

可是在那之後，事情朝向最壞的方向發展。想必可瑪莉大小姐也心裡有數了，我就不特意詳提，米莉桑德的目標改變了。要找樂子卻被人潑了冷水，她可能很不是滋味。

我當時什麼都做不了。就算看到可瑪莉大小姐遭受米莉桑德施以非人道的對待，也沒辦法像曾經的您那樣，踏出那一步。這就是我犯下的罪。受到您的幫助卻沒辦法報恩，這樣的人最差勁了。幹這種壞事足以受到萬民譴責。

這麼卑劣的我，一直到可瑪莉大小姐躲回家裡、米莉桑德失蹤，都只能躲在陰暗處發抖。所以我才想贖罪。這麼善良的人被壞蛋毀掉人生，這樣太奇怪了。這是不對的。真正的可瑪莉大小姐應該像太陽那樣耀眼，擁有不可限量的寬大胸懷。可瑪莉大小姐會變成那樣，是我的責任。身懷罪惡感的我在那之後開始努力，要讓自己變強。展開每天都在做地獄特訓的生活。可是一想到這樣能夠保護可瑪莉大小姐，就不覺得辛苦了。的確有的時候會想哭，但是想到可瑪莉大小姐的感受，我就能一再振作。

從學院畢業後，我如願以償來到崗德森布萊德家，被雇用成為女僕。是的，其實從大約一年前開始，我就在這座大宅院裡工作了。不願意在您面前現身的理由只有一個，就是不希望可瑪莉大小姐想起過去那些討厭的事情。頂多只會在暗中偷偷給予支持，理由就在這。

只不過，我的忍耐很快就到達極限。一聽說可瑪莉大小姐要就任成為七紅天，我就情不自禁自告奮勇，說要成為輔佐您的女僕。我不能容忍其他人接獲這個任務。

接下來的事情就先省略。我成了專屬女僕，被姆爾納特帝國軍徵用（所以我的階級才會是「特別」中尉），得以和可瑪莉大小姐重逢。原本還在擔心實際上碰面時不曉得會出什麼事，但可瑪莉大小姐似乎已經把我忘記了。那讓我心中五味雜陳，不過這也讓我慶幸，我假裝跟您第一次見面，開始服侍您。很抱歉欺騙了您。

到這寫了很長一段，但我想傳達的其實不多。

可瑪莉大小姐是很棒的人。比任何人都強大，比任何人都要來得善良，比其他人更加光明。或許您曾經躲回家當家裡蹲，卻還是能夠重新站起來。這點是值得讚許的，別人不該看不起您。米莉桑德事到如今才跑回來，像她那樣的人不管說什麼，您都只要當作沒聽見就行了。若是感到難受，您可以依賴我。從前我曾經背叛過可瑪莉大小姐，但我不會再犯下這種錯誤。讓我協助可瑪莉大小姐向前進吧。若是您說不願意向前邁進，我也不會強迫您。我會一直陪在您身邊，直到您滿意為止。

看可瑪莉大小姐過得幸福，我才能贖罪，那也是我的願望。

文末，祈望您能保重。

薇兒海絲敬上

「………………………………………………………………………………………薇兒。」

看完書信的同時，信紙從我的手掌中飄落。

我已經不知道該怎麼辦才好了。

淚水撲簌簌地滑落。

薇兒曾經被米莉桑德霸凌過，我成了她的替死鬼。薇兒因此有罪惡感，才會來當我的專屬女僕——原來是這樣。

我怎麼都不記得了，忘掉也太奇怪。

「可惡……」

拿到這樣的信件，我哪能默不作聲。

看她這樣鞠躬盡瘁，對我展露如此真摯的心意，若還能不為所動，那人不是動物就是昆蟲之類的吧。

我的手用力緊握成拳。

也太諷刺了。現在的情況簡直就跟三年前那個時候一模一樣。薇兒被米莉桑德霸凌，我在猶豫要不要救薇兒。如果沒有出手幫助薇兒，事情就沒有轉圜餘地，要是真的幫了，這次又會換成我被米莉桑德霸凌——

不對。

這次不一樣。

絕對不會讓米莉桑德稱心如意。

都怪那傢伙，我的人生變得一塌糊塗。這三年來不願意跟任何人扯上關係，一直在當家裡蹲。像那樣的事情，絕對不會再上演第二次。誰要重蹈覆轍。

卑微的過往，全都洗刷殆盡吧。

不管再怎麼難看、再怎麼丟臉都無妨，總之我要把薇兒帶回來，凱旋回歸第七部隊，再度發動戰爭——雖然我還是討厭開戰，但我要像平常那樣盡情熱鬧過日子。

不要待在陰暗的房間裡，獨自一人陷入妄想，而是到明亮的外界，跟大家一同歡笑——

「黛拉可瑪莉大小姐。有客人來找您。」

聽到這話，感到錯愕的我轉過頭。看見屋子裡的下人站在被弄壞的門扉旁。

我趕緊用毛毯遮住地上那片血跡。

「……客人？是誰？」

只見下人一臉困擾的樣子，皺著眉開口。

「那位客人說他的名字叫做卡歐斯戴勒·康特。聽說是黛拉可瑪莉大小姐的直屬部下。」

☆

我趕緊換上軍服來到外面，發現那個像枯木一般的男人正帶著嚴肅的表情等待。我問他來這邊有什麼事，結果卡歐斯戴勒表現出感動至極的樣子，用手按住眼角高喊。

「啊啊閣下，總算見到您了！您之前都跑去哪了，在做些什麼!?」

害我好擔心啊，真是的——卡歐斯戴勒說著都快哭出來了，那讓我有點過意不去。龐大的罪惡感快要把我壓垮，這下已經沒辦法再掩飾了。我大大地做了個深呼吸，接著回看那個像枯樹的男子。

「抱歉了。我都躲在家裡。」

「什麼？」

卡歐斯戴勒這下傻眼了，我別開目光接著說道。

「想笑就笑吧。我怕米莉桑德怕得要死，腳抖到連一步都不敢踏出家門。」

「您在說笑。」

「哪是在說笑。我——」

「不，那都是玩笑話吧。因為閣下不就像現在這樣，人已經來到外面了嗎？怎麼會像家裡蹲呢？」

這話讓我聽了感到一陣錯愕。

卡歐斯戴勒還是老樣子，臉上帶著令人發毛的笑容。可是在他眼裡，完全看不見對我的失望。

「總而言之，那些小細節之後再談吧。現在要先突破現狀。」

「你居然說那些是小事情……」

我正感到不知所措，卡歐斯戴勒就接著用熱切的語調開口「閣下！」。

「想必閣下也很清楚，那個無法無天的恐怖分子不僅破壞皇帝主辦的宴會，還害您顏面盡失。此等惡行萬萬不能容許。我們想要殺掉那個元凶，卯起來瘋狂搜索『逆月』，可是目前卻陷入瓶頸。沒有閣下在的可瑪莉小隊，簡直就跟失去船頭的泥船無異。」

「那樣不就變成一坨泥巴了。」

「說得對，已經成了一坨汙泥。閣下不在隊上的這段期間裡，我們沒能除掉恐怖分子，這點無從辯駁。因此才忍辱負重，來這有求於閣下——能否請您領導我們？」

我聽完一時間接不上話。

就算他這麼說，我也不知道該怎麼做才好。

「為何閣下會躲藏兩週，像我這樣卑微的人是不會明白的。不過，您會在關鍵時刻現身就表示——終於輪到我們反擊了吧？隊員們期盼的就是這一刻。」

這時卡歐斯戴勒「啪」地彈動手指。一股魔力爆開，讓空氣為之震顫，過沒多久庭院的草地上就出現魔法陣。那是為了行使空間魔法【轉移】才開的「門」——錯。這個是【召喚】。卡歐斯戴勒用魔法把人叫過來。

「閣下！您平安無事啊！」

緊接著我大吃一驚。從魔法陣出現的人，我不可能看錯，就是在宴會會場上挺身保護我的狗頭男——貝里烏斯。梅拉康契幫忙撐住他的肩膀，他則踩著慢吞吞的腳步向我走過來。

「貝里烏斯？你、你沒事啊……？」

「是的，這點程度的傷就跟擦傷沒兩樣。」

「可是你昏睡了將近兩個星期……」

「都是些小事。只要能成為閣下的盾——不，這麼說太自戀了。像閣下這麼有實力的人，面對恐怖分子的一兩個攻擊，化解起來就跟呼吸一樣簡單才對。是我做得太過火了，很抱歉。」

「耶——！死的像條雜種狗卻白死曝屍荒野噗咕！」

這時梅拉康契被人用力揍飛。大概是打人讓側腹痛起來，貝里烏斯臉上浮現有點苦悶的表情。

「……總而言之，我們要出戰雪恥。不才貝里烏斯・以諾・凱爾貝洛，願意追隨閣下到天涯海角。請您下達指示。」

「卡歐斯戴勒・康特也願意追隨您。對那些不肖分子降下正義的制裁吧！」

「耶──！」

我的心彷彿被一根刺刺到，感到一陣刺痛。

這幾個人果然會錯意，以為我很強。

「你們幾個。」

把他們三個人的臉依序看過一遍後，我提出一個疑問。

「你們為什麼會仰慕我？」

我說完就後悔了。那答案我早就心知肚明。「因為閣下是最強的」。除此之外還會有別的答案？一秒、兩秒、三秒──我就像被迫站在行刑臺上的犯人，帶著那樣的心情等待他們回應。部下們臉上的神情像是在說「這麼理所當然的事還用得著問？」。

卡歐斯戴勒先開口。

「因為您人品好。其他將軍都不像您，如此為部下著想。更重要的是青澀的肢體會蠱惑人心咳咳咳。總而言之都是因為您人很好。」

緊接著是貝里烏斯。

「小的惶恐，容我說出心裡話——那就是您為人厚道。我願為此鞠躬盡瘁。」

再來還有梅拉康契。

「會陪我唱饒舌的只有閣下，閣下以外的人都是白痴，所以我要追隨閣下。追隨唯一的知音。」

啊啊——

我心中逐漸有股暖意擴散。讓我不禁有種想哭的衝動。

這些傢伙、這些傢伙真的是笨蛋，腦子不好，是無藥可救的犯罪者，但他們願意追隨沒氣概的我，同時也是可愛的部下。

還有什麼事比這更讓人開心？

「是、是嗎？」我用雀躍的語氣接著提問。「那既然這樣，我強不強都沒關係吧？」

「您的強度是嗎……？不，也不能說完全沒關係。」

「咦？」

卡歐斯戴勒用淡然的語氣續道。

「身為七紅天，強是應當的。如果太弱，到時候會有人以下犯上喔？」

「…………」

「只不過，閣下倒是不用擔這種無謂的心。因為閣下您是歷年來最強的七紅天！而且態度上並不會像一般的強者那樣，驕矜自滿，您甚至還有願意體恤部下的溫和胸懷！若不會被打動，那個人就不是人了。」

「……………」

他是那個意思吧。一切的說法都建構在我很強的這個大前提上。

果然還是藏起來比較好，把我真正的實力藏起來（超弱）。

「就、就是說啊！你們幾個超愛又強又善良的我！那麼回應你們的期待，這也是上司的職責！」

那三人嘴裡跟著發出充滿期待的「喔喔！」聲。

這幾個人對我的事情一點都不了解。

雖然不了解——我卻知道他們很信賴我。而且不是只有強不強大這部分，像是在人格或為人處事這些內在修養上，我知道他們也抱持仰慕之心。

既然如此，我務必要回報他們。

因為我可是舉世無雙的賢者，這幫人的直屬上司，連哭泣的孩子見了都哭不出聲的七紅天大將軍，怎麼能一直窩在這裏足不前。

於是我轉過身去，心情上就像要奔赴戰場的英勇士兵（事實上也確實是這樣），並做出強而有力的宣言。

「——多謝。多虧有你們，讓我提起幹勁。所以說，我接下來要去跟那個恐怖分子做個了斷。」

「那就表示您已經知道敵人在哪了吧？」

「對。」我先是點點頭，接著又搖搖頭說：「不過，你們不能跟過來。」

「怎麼這樣！」「閣下，這是為何！」

那些不滿的聲音如芒刺在背。

可行的話，我個人也很想帶部下一起過去。如果只要吩咐這幫人「去打倒恐怖分子」就能搞定，不曉得有多輕鬆呢。

可是，這是我個人的問題。

為了擺脫家裡蹲身分，踏出嶄新的一步，我必須自食其力解決。並不是因為被米莉桑德威脅，基於這類消極的理由才出戰。

我轉頭看那些部下，盡可能擺出桀驁不馴的態度，對他們這麼說。

「抱歉了，這是屬於我的戰爭。你們就在七紅府待機，期許大將軍能有活躍表現吧。只要這麼做，我就會勇氣倍增。」

「妳要變強。變得比任何人都要來得強大。」

父親的教誨很簡潔。

一天到晚都被灌輸如此簡潔的訓條，幼小的純潔心靈難免會受到扭曲，米莉桑德・布魯奈特對此深有所感。

布魯奈特家族是政治世家。在充斥著權謀算計的宮廷裡，能夠信任的唯有自身力量。特別是姆爾納特帝國將實力擺第一的風氣特別濃厚，這可不是說好玩的，弱小的政治家最後都會落得遭人生吞活剝的下場。因此米莉桑德的父親會不厭其煩教導她「要變強」也很正常。

事實上她的父親盡其所能奮力對米莉桑德施教。逼她學習魔法和才藝已經算好的了。因為那些不會痛。

讓米莉桑德最痛苦的，莫過於用來培養戰鬥才能的修行——聽起來還好，說穿了卻是跟地獄沒兩樣的虐待。

初次與「他」相遇是在米莉桑德十一歲的時候。

「妳總有一天要當上皇帝。知道什麼是不可欠缺的嗎？」

當時父親把米莉桑德叫到中庭，拿這個問題問她。

「我想……是強大的實力。」

「正是如此。妳果然很懂事。」

那讓米莉桑德不由得綻放笑容。被父親誇獎很開心。

「妳必須變強，不夠強就沒辦法成為皇帝。」

「是。」

「可是像尋常人那樣的強度不夠看。能夠成為皇帝的人，往往具備特別的力量。因此米莉桑德，妳也要獲得特別的力量才行。」

「那我該怎麼做？」

「這部分會有老師教導妳。」

直到這個時候，米莉桑德才察覺一件事情。

那就是在父親身旁，站了一個沒看過的陌生男子。

他跟周遭風景融合得太好了，如果父親沒有提及，米莉桑德這一生都不會察覺吧——對方就是如此遺世而獨立的一個人。一頭黑色的頭髮配上紅色眼睛，身上穿著輕盈的綠色和服。樣貌端正，然而就只有那雙眼睛銳利到像是要把人刨開。

「這位是從天照樂土遠道而來的天津老師，從今天開始會傳授妳戰鬥技巧。可別失禮於人。」

這時穿著和服的男子伸出右手，並開口道。

「我是天津覺明，請多指教。」

米莉桑德有點遲疑。並非面對新來的教師心生不安才有這種反應，單純是她長那麼大第一次看見吸血鬼以外的種族。這個人會成為她的老師──心中懷抱著小小的感慨，也沒想太多，米莉桑德打算回握那隻手，才剛將他的手握住──

整個世界突然天旋地轉。

「──咦？」

她的手疑似被人用力向上扭，因而產生劇烈疼痛，再者不知是何時發生的，她的背還撞在地面上，這才察覺自己已經仰躺在地了。

中間發生了什麼完全毫無頭緒。那實在太過疼痛，快喘不過氣來。

呆愣的米莉桑德抬頭，正想仰望那名和服男子──天津老師，在那瞬間卻見他不知從哪兒拿出一個像是晒衣桿的東西，用前端敲打米莉桑德的側腹。

這次米莉桑德真的發出慘叫聲了。

瞥了一眼痛到打滾的米莉桑德，天津隨即開口。

「實在太沒有戒心了。若是沒辦法在短時間內察覺他人的加害之意，別說是成為皇帝了，就連七紅天都當不上——布魯奈特大人，培養她需要費一番功夫。」

「不管你要多少謝禮，我都願意支付。請你照自己的意思教育她。」

「好。能夠拿到錢，我願付出心力努力嘗試。」

天津話說到這淡淡地笑了。那讓米莉桑德渾身發寒。因為他的笑容中欠缺溫情和體諒，不帶一絲一毫溫暖。

那如地獄般的日子無預警揭開序幕。

讓邪惡在米莉桑德的心中萌芽。

——妳叫做米莉桑德是吧。接下來要教妳的是修心之法。若要成為強大的人，必須有顆碰到任何事都不為所動的心。

從學院一放學回家，戰鬥課程立刻緊鑼密鼓地展開。

天津老師所使用的是《彗星棍》，就是第一次見面時挖取米莉桑德側腹的晒衣桿。相對的，米莉桑德可以用武器也可以用魔法，要用什麼都行。

然而米莉桑德的攻擊都打不到天津。連在學院裡被老師誇用得很棒的【魔彈】也不例外，不管擊發幾次都打不中他，然而單純只靠肉搏技巧應戰，馬上又會因對方的反擊吃上苦頭。

這些一直持續到每日深夜。

若是半途中灰心喪志，當下就會聽見父親發出怒吼。「給我振作點。」「妳可是布魯奈特家的繼承人。」「不可以給天津老師添麻煩。」——那些日子苦到讓米莉桑德好想哭，她卻連違抗父親都辦不到，在扼殺心靈的同時，米莉桑德持續在這樣的虐待中咬牙忍耐。

說來說去，在折磨米莉桑德的都是天津所使用的《彗星棍》。

乍看之下只是很普通的晒衣桿，但這似乎是被稱為神具的特殊武器，能夠抵銷魔核的效果，給予對手實際傷害，是很凶殘的東西。

換句話說，米莉桑德的傷口無法治癒。

前些日子留下的瘀傷，到隔天依然還在，疼痛繼續存留。若是害怕對方的攻擊而作勢要逃，這次就會換成被父親責罵，怕被父親斥責而奮勇上前、試著突破困局，將會在一陣冷笑聲中遭人輕巧擺弄，沒辦法治癒的傷口又會多增加一道。

做這樣的事情，到底有什麼意義——米莉桑德也曾對天津道出心中的疑問。他是這麼說的——

「令尊希望妳身上能夠產生『特別的力量』。」

「特別的、力量……」

「那是被稱作《烈核解放》的異能。妳應該也略知一二吧。」

米莉桑德根本不曉得。事後按照天津的說法來看，所謂的烈核解放，好像是能夠擺脫這世上一切法則規範的特殊能力。一旦用了那種能力，發揮出來的力量據說足以貫穿大地、撼動星辰。

然而這是要付出代價的，疑似還有附帶效果，會在使用者的肉體上留下顯著創傷，或許就是這點與魔核的「無限恢復」邏輯背道而馳，平常該能力都遭魔核的魔力封印。如果想要使用這股力量，據說需要透過某種手段來切斷跟魔核之間的聯繫。

「人一生下來就擁有這股力量的機率非常低。但目前已知透過特殊修煉，日積月累下將能於後天開竅。這是我們發現的新事證。」

很棒對吧——天津最後說了這麼一句。

米莉桑德又問「特殊修煉指的是什麼」。

「要培養出不畏逆境的心。基於不明原因，烈核解放似乎跟心靈狀態有很深刻的關聯——若是要鍛鍊心靈，最快的方式就是『讓生命受到威脅』。持續忍耐無法治癒的傷帶來的疼痛，有助於陶冶心性。」

米莉桑德聽了覺得這實在太牽強。

然而天津說這話時再認真不過。

「我都知道。妳很討厭跟我在一起的這段時光，討厭的不得了。但妳若能屏除這份厭惡的心情，變得勇於面對，總有一天會有收穫的。而且還能獲得令尊認可。所以妳要力圖精進。」

在沒有任何徵兆的情況下，那根棍子的尖端又飛過來。

米莉桑德一下子就被打中胸脯，身上又多了新的傷痕。

——聽好了，米莉桑德，烈核解放代表新的可能性。等到能夠自由發動了，才會開始有身為人而「活著」的實感。等到妳能夠使用烈核解放了，令尊也會誇獎妳喔？光想像就覺得開心對吧，才像是真的活著。

「為何妳都沒學會烈核解放！」

這日一進到父親的書房裡，米莉桑德就被他大聲怒斥。害她縮著身體不敢吭聲。

「都已經過一個月了，整整一個月。我看是妳不夠努力吧？我告訴妳，天津老師從前可是天照樂土的《五劍帝》。一定是妳沒做好！」

「唔……」

「我還看了妳在學院的成績，那算什麼？說啊？妳不是掉到第二名了嗎？妳還有身為布魯奈特家吸血鬼的自覺？」

米莉桑德心想她的成績會退步情有可原。回家以後一直都在修煉，幾乎沒什麼時間讀書。

「父、父親大人。」

「不許回嘴！」她的父親厲聲一喝後，人朝椅子上一靠。接著嘴裡吐出苦澀的嘆息，跟著絮叨。「這下會遭到崗德森布萊德家恥笑。繼承人竟然是這副德行……可惡，為什麼我的女兒比那傢伙的還要……」

崗德森布萊德。那是跟布魯奈特家敵對的政治世家，父親常常對他們惡言相向。

然而米莉桑德受到很大的打擊。

因為從父親的呢喃聲中，聽得出那語氣是非常殘酷的。

眼眶泛淚的米莉桑德奪門而出，連父親制止的聲音都充耳不聞。

她明明那麼努力。覺得自己已經夠努力了，為什麼父親大人就是不願意認可她。是不是自己努力得還不夠？受的傷還不夠多？還是說，錯就錯在自己心靈脆弱？

米莉桑德帶著那遍體鱗傷的身軀撲倒在她臥室的床鋪上，身心俱疲。

用棉被包住自己哭了一陣子後，有樣東西踩著小小的步伐靠近她。

「培多羅，你是在安慰我吧……謝謝你。」

狀似擔憂還靠到她身邊磨蹭的，是米莉桑德十歲生日時，人家貴給她的柯基犬。遭到天津虐待、父親斥責，每天都過得很艱辛，只有跟這個重要的家人——培多羅一起度過的時光，能夠對她的心起到療癒作用。

「我要加油……嗯，我沒事。」

一邊撫摸培多羅的背，米莉桑德心中有了新的決意。

不管有多辛苦、多麼的痛，多麼想哭，為了回應父親的期待，她都要忍耐。必須學會烈核解放。

——烈核解放是很棒的東西。但只要跟魔核處在連結狀態下，就算擁有也無法發動。這等同設下阻礙，不讓生物展現原本該有的樣貌。不覺得那樣著實煩人？

後來米莉桑德持續努力不懈。這都是為了讓父親認可她。她要變強成為七紅天，最終當上皇帝——然後為布魯奈特家帶來榮耀。

最近她已經開始能在某種程度上看破天津的攻擊。「照現在這樣修煉下去，也許有天就能學會烈核解放。」對方還給予肯定，那讓米莉桑德喜出望外。雖然修行依舊艱辛，她卻開始看見小小的希望。

然而這份高昂卻在之後遭到粉碎。

「——聽說隔壁班有個女孩子，好像會用很厲害的魔法。」

那件事情是在學院發生的。邊抵抗睡魔邊熬過一堂課後，米莉桑德不經意聽見這段對話。

「我知道，老師有說過。聽說那個人能夠用一般人不會用的魔法。」

「是不是在說上級魔法？那個確實很厲害。」

「不對不對，不是那個。」

「那是什麼？」

「好像叫做……烈核、解放？」

「——喂，可以詳細說給我聽嗎？」

再也按捺不住的米莉桑德過去逼問那些同學。

她們是這麼說的，聽說隔壁班有個少女激發出烈核解放的能力了。得到米莉桑德想要得不得了的烈核解放——

她心中湧現既焦躁又嫉妒的情感。

米莉桑德馬上去找那個傳聞中提到的少女。她待在教室的角落看書，給人的第一印象是「毫不起眼」。很難想像這樣的人會擁有特殊能力。

「喂，聽說妳能夠發動烈核解放，這是真的？」

只見少女抬起臉龐，臉上浮現懼怕的神色。

「那是騙人的吧。沒有經歷嚴酷的修煉，根本學不會。」

「……是真的。老師有說過。」

對方那結結巴巴的說話方式讓米莉桑德感到不悅。

她從女孩手上搶走書本，向下瞪視對方。

「那妳弄給我看。」

「可、可是……」

「有什麼大不了的，又不會少塊肉。」

大概是被米莉桑德咄咄逼人的樣子嚇到不敢反抗吧，少女最後點頭應允了。但她似乎很不想在教室裡頭使用，換川難以讓人聽清的音量小聲說道「若是真的想看，再麻煩妳跟我一起去沒人的地方。」

於是米莉桑德就跟少女一起前往校舍後方。

「我不是很想弄給別人看……」

「少囉唆，快弄就對了。」

少女看起來不是很甘願，她舉起右手。米莉桑德還在觀察，看看她想做什麼，那個女生就說出讓米莉桑德意想不到的話。

「吸我的血。」

「什麼？」

「請吸我的血。我的烈核解放是能夠看見吸血者未來的【潘朵拉之毒】。如果是當天即將發生的事情，預測準確率將達到百分之一百。」

世界上不存在能夠干涉未來的魔法。假如這名少女說的是真的，那烈核解放還真是破天荒的特殊能力。

就來看看是怎樣的能力吧——米莉桑德帶著挑釁的心情含住少女的食指。一咬下去，鮮血的味道就在口中擴散開來。

馬上就出現變化了。

那女孩的眼睛轉變成像血一樣的赤紅色。天津老師曾經跟米莉桑德提過，這必定就是烈核解放即將發動的徵兆。

「我看見了。」

然而那名少女接下來卻顯露出躊躇的樣子。

「這是、是——」

「什麼啦。我不曉得妳看到什麼樣的未來，但妳不用顧慮，直接說就是了。」

「好的。妳……是個可憐人。」

在那瞬間，米莉桑德一時間沒聽懂對方說了什麼。

可是一弄明白，米莉桑德就怒火中燒。被這樣的人同情，這件事將米莉桑德的精神面攪得天翻地覆。她很滿足於自己的境遇，可是這傢伙卻用像在看可憐蟲的眼神盯著她看——

那讓米莉桑德難以忍受，在這之前壓抑住的情感全爆發開來。

在一股衝動的驅使下，米莉桑德凝聚魔力發動【魔彈】。幾乎是在零距離的狀態下射擊，不可能打不中對方。可是少女卻輕易避開了。彷彿她早已預知事情會如此發展。

「對不起，真的很對不起。並不是那樣。對不起……」

「站、站住……！」

那個女孩飛也似地逃離。

不管米莉桑德發射多少【魔彈】都沒辦法打中她。

事後米莉桑德想到一件事——假如那個時候【魔彈】真的打中對方，受到烈核解放影響，跟魔核切斷聯繫的女孩或許真的會死。

——妳恨有才華的人？說這話真有意思。妳大可盡情憎恨那個薇兒海絲。可是不管妳多麼恨，都沒辦法將那傢伙從世界上抹殺。只要魔核還存在就沒辦法。

那名少女成了威脅米莉桑德心靈的敵人。

少女來自帝都的下級地區。照理說這類人和米莉桑德他們那些上流階級無緣。可是她在帝立學院一般入學考試時創下最高分紀錄，這才獲准進入學院就讀，後續在學期間也持續拿出優秀成績，堪稱是位秀才。更可恨的是，上回考試中有人超越米莉桑德成為全學年第一，這個人似乎也是她。

最重要的是——她有烈核解放。

米莉桑德嘔心瀝血鍛鍊，至今依然無法習得這至高的奧義，那名少女卻不費吹灰之力就得到這份能力。

這讓米莉桑德心裡很不是滋味。

就因為她覺得不爽，才要讓那名少女跌落深淵。

說來簡單，布魯奈特家在帝國境內也算是頗有名望的貴族世家。

她只要用不悅的語氣說句話就行了。

「那個叫做薇兒海絲的女孩，看了就讓人火大。」

只需要做這點小事，出生在下級地區的少女就會成為整個學院的敵人。

偶爾也會出現不認同米莉桑德行徑的人，但米莉桑德靠權力讓這些不識相的傢伙閉嘴。

剛開始單純是無視那個女孩，再來是說壞話，罵她或說閒話，接著就演變成直接行使暴力——霸凌行為逐漸加重。不過她一旦發動烈核解放，米莉桑德就拿她沒轍，於是她特別小心謹慎，以免攝取那傢伙的血液，找來好幾個人將她團團包圍，給她苦頭吃。薇兒海絲都沒有抵抗，這名少女原本就不是有骨氣去抵抗的人。再怎麼欺負她，她都只會流著淚忍耐。然而這大大滿足了米莉桑德的嗜虐慾，甚至覺得《彗星棍》在身體上刻下的傷痕都好了一大半。

就這樣，米莉桑德逐漸走上歪路。

——妳的眼神越來越棒了。我承認，妳確實變強了。對無法治好的傷心生警惕，精神受到磨練。看吧，魔核果然只有害處。都在妨礙我們成長不是嗎？

期末考的結果出來了，米莉桑德是全學年第一名。

薇兒海絲掉到三十一名。她的名次會急遽下降，原因很明顯，就是遭到霸凌，根本沒心思讀書。

不管怎麼說，米莉桑德都很高興。雖然還沒學會烈核解放，卻漂亮奪回全學年第一名的榮耀，這下子父親多少也會對她另眼看待吧。

「呀哈哈哈！我說薇兒海絲，妳變成三十一名，心情如何？」

毆打，踢踹，踐踏。

蹲在走廊角落的薇兒海絲，看起來完全沒有要抵抗的跡象。這人的精神面如此軟弱，連米莉桑德都納悶她為何會擁有烈核解放。這對米莉桑德的怒火起到火上加油的作用。

「給我站起來。其實妳很強吧？不是擁有能夠輕鬆殺掉我們這些小角色的烈核解放嗎？那妳起碼該有點骨氣吧！」

然而薇兒海絲什麼話都沒回，在毫無抵抗的情況下，承受那些又踢又踹的暴力行為。若是少了魔核的恢復能力，這傢伙多少還是會抵抗一下吧——邊感受著天津帶給她的傷口痛楚，米莉桑德心裡浮現這些念頭。

「米莉，這傢伙已經不行了，壞掉了啦。」

「沒反應真無趣。」

就連那些跟班好像也開始厭倦了。這倒也是，毫無抵抗到這種程度，實在太掃興了。米莉桑德想了一會後，將突然萌生的想法說出口。

「不然我們殺了她吧。」

這句話讓那幫跟班為之動搖，而這還是薇兒海絲第一次臉色大變。

雖說有魔核，死了也能復活，但那並非將殺人行為正當化。米莉桑德正想輕易破除這項禁忌，怪不得擁有正常感受性的人會出現慌亂反應。

周遭眾人的反應讓米莉桑德心情大好，她慢慢舉起右手。

她要放初級光擊魔法【魔彈】。若是命中腦門，八成瞬間就能取對方性命。

「別、這樣——」

薇兒海絲的臉龐染上恐懼色彩。

這就對了。米莉桑德想看的就是那種表情。不用付出任何努力，竟然就得到我想要的東西。明明只是平民老百姓，成績卻比我優秀。不可原諒。不可原諒。像妳這種人，給我乖乖去死就對了——

米莉桑德的嘴角出現扭曲弧度。

在心中逐漸成長的邪惡之芽正準備盛開。

就在那時。

「——快住手。」

她的右手被人抓住。

在下一刻，米莉桑德彷彿看見一道強烈的光芒。

在米莉桑德即將行凶的前一刻，有人出手制止，來人是個金髮紅眼的少女。

看上去像是硬擠出所剩無幾的勇氣，渾身都在發抖，然而從她的表情可以窺見些許堅定的意志，對方正抬頭仰望米莉桑德。

這個人正是黛拉可瑪莉・崗德森布萊德。

對方大大扭曲米莉桑德往後的人生，是對她最不利、來得最不是時候的干預者。

——嗯，妳果然是有才華的。我就去跟令尊說一聲，告訴他「妳學會烈核解放的日子應該不遠了」。

正在欺負人找樂子卻被潑了一盆冷水，真令人不快。可是對方是跟自己身分相當的吸血鬼，而且米莉桑德還發現那人就是跟布魯奈特家敵對的貴族之女，當下米莉桑德決定先別把事情鬧大，選擇安分收手。

其實那樣也好。因為她今天心情不錯。雖然不能殺掉薇兒海絲很可惜，但是可以看到她露出害怕的表情。除此之外，若是跟父親稟報說自己考試考了全學年第一名，他應該會很高興。所以黛拉可瑪莉的事情之後再處理就好——懷著這些念頭，米莉桑德罕見地踩著輕快的步伐回家，沒想到——

「——全學年第一名？做到這種程度是理所當然的吧！」

一臉雀躍的米莉桑德跟父親報告考試結果，然而父親卻像惡鬼一樣，氣到橫眉豎目地大吼。

「更重要的是烈核解放的進展。妳還不會用嗎？」

米莉桑德拚命忍住想哭的衝動，開口應道。

「天津老師說應該很快就能用了。」

「少在那說謊！」父親吼到口沫橫飛。「天津老師才在哀嘆妳朽木不可雕也。還說有才華的人，就算早就學會烈核解放也不奇怪！甚至表示若要繼續教育妳，需要支付更多的錢！」

米莉桑德當下內心感到一陣衝擊，彷彿遭到當頭棒喝。

天津老師真的這麼說過……？

「……啊啊，妳怎麼會這麼不成材。身為布魯奈特家的女兒，起碼要會一兩種烈核解放才對。這樣下去又會被崗德森布萊德家那幫人嘲笑。」

「崗德森、布萊德……」

「對。今天阿爾曼那個混帳又來跟我炫耀自家女兒。聽說那傢伙的二女兒具備『特別的力量』。跟妳天差地別。妳啊──跟崗德森布萊德家的女兒相比，簡直沒用到了極點！」

如今回想起來，米莉桑德覺得真正可悲的人或許是父親。

可是這時的米莉桑德還未那麼想。她認為是自己不好，不禁有那種念頭，只覺得很傷心。轉身背對父親跑掉，頭也不回地跑過走廊。

為什麼就是做不好呢？為什麼就是沒辦法被父親誇獎。為什麼自己就是沒有才華──不管她提出多少疑問，都沒有人會回應她。宛如這世界正計畫將她推入火坑。

可是米莉桑德轉念一想。

——不是那樣，錯的不是她。

是那個女孩才對，是黛拉可瑪莉不好。

她怎麼都沒注意到。自己會那麼難受，都是因為有黛拉可瑪莉在。父親拿她跟黛拉可瑪莉做比較，事情才會演變成這樣。

只要那傢伙不在。

若是沒有她。

在複誦這些詛咒的同時，米莉桑德正想鑽進她的臥房，卻無意間發現門前有一樣黑色的東西橫躺著。

「培多羅……」

絕對沒錯。這是米莉桑德的家人，也是唯一諒解她的存在。敏銳的牠想必早就察覺主人在悲傷，要過來安慰她吧——米莉桑德彷彿找到救贖，快步跑到培多羅身邊。

「……培多羅？」

可是培多羅都沒有轉頭看她。

而是軟軟地趴在地上，一動也不動。這讓米莉桑德心中出現強烈的不祥預感。知道自己的心臟越跳越快，她將培多羅抱起來，身體好冷，都沒有在動，就像死了一樣。

「咦……？」

「看來已經死了。」

米莉桑德背後多了一道氣息。有個穿和服的男子神不知鬼不覺間站在那兒。他臉上神情冷若冰霜，垂眼望著米莉桑德，還有米莉桑德家人的屍首。

「應該是生病了吧。真遺憾。」

「怎、怎麼會……!?今天早上明明還很有精神！」

「寵物沒有受到魔核保護，會發生這種事也在情理之中。」

絕望如波濤般來襲。事情來得太過倉促，導致米莉桑德無法釐清思緒，淚水一顆接著一顆滑落。天津則是淡漠地說了些話。

「我認識能讓時光倒流的能力者，當然這部分屬於烈核解放，只可惜沒辦法把他叫來這邊，因此也沒辦法讓這條狗復活——可惜了。假如妳學會使用『特別的力量』，或許培多羅還有救。可惜呀，可惜。」

「啊、啊啊、啊……」

「真是沒天理。魔核這種東西，根本不會救助妳真正重視的人。雖然這次不是人，對象是狗——可是那東西卻肆無忌憚，放任沒有存活價值的草芥仗勢而為。容許這種情況存在真的好嗎？」

天津說的話太過艱澀，米莉桑德聽得一知半解。失去培多羅的打擊害她沒辦法再去思考任何事情。

已經不行了。這下子再也沒有人站在米莉桑德這邊。沒有人會安慰她，不會有人對她好言相向。等待著她的，就只有遭人單方面怒吼以對，不顧她意願凌虐她，每天都像活在地獄裡。這樣的人生還有什麼意義——

就在她快被推落絕望深淵的那一刻。

有一隻手輕輕放到她頭上。

嚇了一跳的米莉桑德抬頭仰望，更讓人吃驚的是，那個冷酷無情的天津對她露出和煦的笑容。

「別胡亂哭泣。如果忘了故作堅強，那人終將變得無比脆弱。」

天津的一番話，慢慢在米莉桑德心中發酵。

「妳很恨讓妳產生這種心情的世界對吧。想要復仇對吧。是不是很想大開殺戒。但別把我算進去——總而言之，心中懷抱這份殺意，不停修煉下去，妳將會強大到無可限量。我會幫助妳變強，只有我是站在妳這邊的。」

米莉桑德呆愣地仰望天津。

這還是第一次有人對她說那麼溫柔的話，逐漸滋潤那顆乾涸的心，讓她把天津當成如假包換的救世主看待。

「那我……接下來該怎麼做才好？」

「隨心所欲即可，那才是人們原本應有的生存樣貌。只愛想愛的東西，將心中所恨全屠殺殆盡。妳有沒有想殺的人？」

米莉桑德很快就想到了。

害她落入這般不幸境地的根本原因。

就是黛拉可瑪莉・崗德森布萊德。

「那不管使用什麼樣的手段，妳都要殺了他。至於用來實踐的力量，就由我來賦予吧。」

被人用真摯的眼神注視，米莉桑德的心劇烈跳動。

就這樣，該名少女被人輕而易舉收買。

——老實說妳並沒有才華。即便妳埋頭苦練也沒辦法使用烈核解放吧。話雖如此，也不至於一無是處。烈核解放是沒機會用，但其他方面的才華，妳可是多到令人稱羨，所以妳別那麼悲觀。雖然烈核解放與妳無緣。

天津幫忙舉辦培多羅的葬禮。用米莉桑德聽來陌生的東國風祭禱詞唸誦一會後，他神情嚴肅地點點頭，口頭保證「這下子培多羅就能安息了」。

後來米莉桑德的精神面出現些許變化。

她認為父親的教導是對的。這個世界就是弱肉強食。不夠強大就沒辦法生存，也沒辦法殺人。

天津老師還是一樣嚴厲，幾乎每天都會多出新的傷跡。疼痛持續存在，可是她不會像以前那樣，不甘不願地接受指導；而是想著要怎麼做才能讓自己變強，以此為第一考量，積極進行修煉。

可是米莉桑德卻無法獲得心靈平靜。

薇兒海絲。

黛拉可瑪莉・崗德森布萊德。

這些「有才華的人」，常會激得米莉桑德出現自卑感。

尤其是黛拉可瑪莉，她打心底不爽這個人。

對方的家世和米莉桑德旗鼓相當，長得又漂亮，無法對霸凌行徑坐視不管，擁有耀眼的正義感。再加上體內恐怕還蘊含了烈核解放能力——任誰看了都會羨慕的種種要素，她都手到擒來，具備讓米莉桑德渴望不已的理想吸血鬼形象。

最重要的是，都是因為有那傢伙在，米莉桑德才會遭到父親怒斥。

實在不可原諒。

——不管用什麼樣的手段，都要殺了她。

米莉桑德決定聽從天津的建議。

不需要再有任何顧慮，因為有了天津老師的許可。

看誰不順眼，她大可順著自己的意毀掉對方。

就像以前對待薇兒海絲那樣，米莉桑德誘導周遭的其他學生，讓他們來霸凌人。雖然對方是大貴族的女兒，卻不像米莉桑德這樣，有組成屬於自己的派系，因此她也不需要大費周章。

「呀哈哈哈！來呀，不喜歡被欺負，隨妳想使用烈核解放還是什麼都好，抵抗給我看啊。」

米莉桑德還把黛拉可瑪莉叫到校舍後方，對她施暴。

要是這傢伙使用烈核解放，那也無所謂。米莉桑德打算隨便抓一個跟班當肉盾，擋下第一道攻擊，等到看穿對方的能力特性，再反過來殺掉她。

可是黛拉可瑪莉都沒有抵抗。

她應該握有力量才對，卻只是一個勁地忍耐。

要說有哪一點和薇兒海絲不同，那就是即便遭受這等待遇，這個女孩也沒有對米莉桑德屈服的意思。就算被人又打又踢，她眼裡那股生氣也從來都沒有消失的跡象，心裡還是時常在譴責米莉桑德。這實在太過耀眼了。那份耀眼彷彿跟自己的黑暗形成對比，讓米莉桑德火大得不得了。

最讓米莉桑德氣不過的，是那女孩一句自言自語的話。

「好可憐。」

米莉桑德還以為自己聽錯了。心想這傢伙在說些什麼啊。

黛拉可瑪莉那時蹲在地上，支支吾吾地說著。

「妳是不是……有什麼煩惱……？」

米莉桑德真想對她大吼「妳有什麼資格說這種話」，始作俑者就是妳，都是因為妳，我才會跌落不幸的深淵。對他人吃的苦頭一無所知，少在那用看弱者的眼神看人。我很強。比妳要強大好幾倍——

嘶吼著喊出這些話的同時，米莉桑德仍免不了為之驚嘆。

遭受這樣的待遇，那女孩還有辦法對施暴者說出這種話。

必須讓黛拉可瑪莉在精神上屈服。

於是米莉桑德就去調查她的素行和經歷，決定採取某種看似最「有效」的手段來對付她。

「——喂，那個項鍊借我一下？」

效果出奇的好。難得看到黛拉可瑪莉奮力抵抗，由於黛拉可瑪莉看上去實在太拚命了，米莉桑德就拿她的樣子取樂，在那哈哈大笑——記憶片段就到這邊。

☆

接下來的事情，米莉桑德都不記得了。

回過神才發現自己躺在醫院的病床上。

所謂的醫院，其實就是放置屍體的安置所。也就是說自己好像死掉了。可是她對其中的緣由毫無頭緒。原本還在拿黛拉可瑪莉取樂，怎麼玩著玩著就死掉了？

發呆了一陣子後，有個來自帝國軍的大人物過來這邊，對她如此宣示。

「米莉桑德・布魯奈特，妳犯下虐殺多數人的罪行，還有叛國罪，要將妳流放到國外。」

這讓米莉桑德的思考跟著停擺，她聽了一頭霧水。

根據這個人所說，米莉桑德試圖搶走黛拉可瑪莉項鍊的那天，帝立學院內有多人遭到虐殺。死者高達百人，事情鬧很大。米莉桑德原本還以為自己是死者之一，但事情好像不是那樣。這是因為——犯下這起案件的犯人，名字就叫米莉桑德・布魯奈特，新聞上都是這樣報導的。

「到底、發生什麼事了……？」

「這妳還得捫心自問。總而言之妳已經不是姆爾納特的吸血鬼了。不想在地牢裡面被幽禁到死，最好立刻離開。」

簡直莫名其妙。

只不過，有件事情米莉桑德還是知道的。

那就是恐懼。在腦海深處，一幕幕恐怖的影像揮之不去。

那紅色的眼睛、飛散的血液，還有染成一片赤紅的小拇指——當她碰完黛拉可瑪莉的項鍊，當下肯定發生了不得了的事情。

而且米莉桑德還憑著本能領悟。

知道自己被黛拉可瑪莉殺了。

「這怎麼、可能……」

看來那傢伙在最後一刻使出了殺手鐧。

這讓米莉桑德為之愕然。就算對方發動烈核解放，米莉桑德也有能夠反將對方一軍的自信。因為她每天都嘔心瀝血進行嚴酷訓練，自認已經變得比學院裡的所有人都強，怎麼可能被那種小妞幹掉——她一直這麼想。

但這樣的結果又算什麼？

完全是遭對方用武力擺平吧？

「嗚、嗚嗚嗚……」

懊惱不已的她流下眼淚。

這樣的結果實在太不近人情了。

才能的差距——原來是如此殘酷。

只不過，她已經沒有多餘的時間在這哭泣，再過不久就要被趕出這個國家。

她當下真的就像個無頭蒼蠅一樣。

數年後做了調查，總算才將約略的事件流程釐清。

簡單講，這是一場陰謀。

虐殺一大堆人的，應該就是黛拉可瑪莉沒錯。可是她父親卻害怕女兒搞出的醜聞公諸於世，於是那傢伙使了狡猾的手段，將虐殺罪行栽贓嫁禍到米莉桑德頭上，女兒犯下的罪孽就能一筆勾銷，甚至還趁機令政敵布魯奈特家沒落。

也許有人會覺得這不可能。

但並非完全沒那種可能性。黛拉可瑪莉的父親——阿爾曼・崗德森布萊德是個政客，為了自身利益，不管多麼骯髒的勾當都能面不改色去做。米莉桑德聽她父親用憎惡的語氣說這些話好幾次了。而且阿爾曼還是當今聖上學生時代的學弟。假如皇帝對阿爾曼的所作所為護航，那他們會陷入這種不合理的境地，也就能得到合理解釋了吧。

總而言之事情就是這個樣子，米莉桑德被流放到國外。

還跟父親和天津失散。

米莉桑德曾經哭過。就像失去培多羅的時候一樣，嚎啕大哭。在國外苟延殘喘地流浪，每天夜裡都由著眼淚沾溼臉頰，強忍悲痛。在那段哭泣的時間裡，心中的恨意也隨之增長。

她恨不夠強大的自己。

恨這個冷酷無情的世界。

還恨輕易殺掉她的黛拉可瑪莉。

對。就是黛拉可瑪莉。

都是因為她的緣故，一切才會亂了套。

光顧著挨打，米莉桑德說什麼都嚥不下這口氣。她一定要復仇，反殺回去。那個跟垃圾沒兩樣的烈核解放，這次一定要徹底粉碎掉。她要得到足以粉碎這樣東西的力量——當米莉桑德下了全新的決定，此時惡魔對她捎來福音。

「米莉桑德，妳的眼神果然很不錯。」

黑髮紅眼，還有那套輕飄飄的衣服，以及那遇事皆淡然處之的處世態度。米莉桑德不可能忘了這一切。

來人是米莉桑德的導師——天津。

臉上浮現邪惡的微笑，他說了這麼一句。

「萬萬沒想到事情會演變成這樣，話雖如此，能以這種形式與妳重逢只能說是天意——來吧米莉桑德，若是妳願意，可以跟我一起走。『逆月』的所有人都會高舉雙手歡迎妳。」

☆

接下來那三年，米莉桑德拚了命地奮戰。「妳要變強」，這個來自父親的教誨，如今依然在米莉桑德心中常存。但她變強不是為了布魯奈特家，而是為了自己。要變強殺掉黛拉可瑪莉，如此一來米莉桑德才能如獲新生。可以跟天津一起專心投入「逆月」的行動計畫。

於是米莉桑德努力到像是連命都不要了。

後來時隔三年的某天，米莉桑德再度看到那傢伙的名字。

『新七紅天誕生——「要把全世界做成蛋包飯」。』

當下她只覺得這是在鬼扯。

然而米莉桑德的心卻大大地動搖了。

她的身體在顫抖。

不願回想起來的記憶陸陸續續復甦。隨之膨脹的恨意轉化成一把烈火，灼燒著米莉桑德的身軀。

自己淪落為恐怖分子，每天都過著在刀口上舔血的日子（雖然她自願走上這條路，但跟這女孩相對照，有時仍難免覺得自己活成這樣好悽慘），那傢伙成了七紅天大將軍，受到周遭其他人追捧。天底下怎麼會有這麼不公不義的事情。

於是歷經三年，米莉桑德選擇回到故國，去打探黛拉可瑪莉的相關情報。人還跑到姆爾納特宮殿，要親眼確認她的工作情況。

那女孩在笑，像極了在享受人生，否則不會有這樣的表情。

明明已經有那麼強大的力量，精神上還如此富足——

怒意差點讓米莉桑德失去理智，她用力咬住嘴唇，咬到血都快流出來了。

我絕對——

絕對——絕對絕對絕對絕對絕對絕對絕對絕對絕對絕對絕對絕對絕對絕對絕對絕對絕對絕對絕對絕對絕對絕對絕對絕對絕對絕對絕對絕對絕對絕對絕對絕對絕對絕對絕對絕對絕對絕對絕對絕對絕對絕對——

絕對要殺了她。而且還不是只有殺掉那麼簡單，必須將那傢伙的心靈破壞殆盡。在這之前她當上了將軍，受到多少的追捧，米莉桑德就要讓她感受多少的絕望。還要順便把薇兒海絲那個臭女人殺掉，一併清算過去的總帳。

那樣一來，米莉桑德才能開始過像樣的人生。

她心意已決。

孤紅之恤

Hikikomari
the Vampire Countess
no
Monmon

約翰・海爾達感到毛骨悚然。

這兩週以來，約翰的生活起居都在拉涅利安特街的廢城解決，廢城深處有個原先教會在用的祭壇，一個令人眼熟的女僕正被架在上面。

雙手都被釘子貫穿，赤紅色的涓涓鮮血不斷從手背流出。

這是什麼情形——約翰感覺到自己的胸口中，有一股不明的不安情緒在攪動。

「喂、喂喂……那是什麼？」

這問題是在問立於他身旁的米莉桑德。對方跟約翰說「給你看樣有趣的東西」，他才會跟著過來。這景象哪裡有趣了，約翰完全領略不到。

「看了不就知道了？那是薇兒海絲——崗德森布萊德家的女僕。」

「我知道啊。就是老是跟在黛拉可瑪莉身邊，讓人很反感的那個女僕吧。我想問的是那傢伙怎麼會在這？」

「當然是來當人質的。」

嘴裡一面說著，米莉桑德快步靠近那個女僕。被架起來的女僕已經暈過去了，米莉桑德伸手輕輕撫摸那名女僕的下巴。

「只要抓住這個女僕，黛拉可瑪莉必定會過來。那女人雖然膽小，卻有著過多的正義感，絕對不會對這傢伙見死不救。」

這句話讓人打個問號。約翰不認為黛拉可瑪莉有那麼大的骨氣，再說約翰對這個叫做米莉桑德的女人越來越難以信任。

當初在酒吧相遇的時候，她就曾對約翰這麼說。

「若是在聚集許多人的宴會會場虐殺黛拉可瑪莉，那個女孩將會顏面盡失。不，豈止是丟了面子。被迫卸下假面具的冒牌貨七紅天，將會被全國吸血鬼冠上騙子這個汙名。」

那就讓我偷偷潛進宴會殺了她——雖然約翰這麼說。

「不行，這樣一來你會被安上謀逆罪名，該親手殺了她的人是我才對。你只要替我開路，讓我進入會場就行了。」

約翰不親自下手就無法釋懷，但他又不想成為罪人，於是約翰這才接納米莉桑德提出的作戰計畫，充分活用軍人身分，堂而皇之進入宮殿，得以預先在宴會會場開出一道「門」。

然而到頭來還是沒能殺掉獵物。只是破壞皇帝主辦的宴會，甚至沒聽說人們對黛拉可瑪莉的評價下滑。

在這之後，約翰變得比較冷靜些。

仔細想想，跟恐怖分子聯手一點好處都沒有。想要復仇大可隨心所欲復仇，想要殺她就去殺，哪需要耍小伎倆──這才是「獄炎殺戮者」該有的風範。

然而約翰似乎深陷泥淖。

事到如今沒辦法再回歸第七部隊，而且宮廷那幫人也已經從魔力殘渣推敲出約翰就是開了那道門的人吧。

在姆爾納特帝國裡，已經沒有約翰的容身處了。

因此他才會像這樣，被迫無止境配合那個米莉桑德。

「──對了。假如真的能殺掉黛拉可瑪莉，到時候我就──」

約翰的話說到一半中斷。因為他看見讓人難以置信的光景。

只見米莉桑德拿神具插進女僕的肩口。

那是能夠讓魔核復原能力無效化的駭人銀製匕首。

只見女僕露出苦悶的表情，一看到有紅色液體從被挖開的肉縫中流下，驚慌失措的約翰立刻衝上前。

「妳、妳這是在幹麼！」他說完趕緊將手放到米莉桑德肩膀上，接著說道。

「做這種事情真的會把她弄死啊！」

「——真的會弄死？你說這什麼莫名其妙的話。」

一陣沒來由的恐懼令約翰渾身僵硬。

彷彿讓人聯想到寒冬的飛雪，那聲音冰冷無比。

「在等黛拉可瑪莉過來的這段時間裡，就用這個打發時間。你有意見？」

「那、那就不需要用到神具了吧。這樣會留下傷痕不是嗎……」

「……我說你，原本不是想找黛拉可瑪莉復仇？不是很想殺了她？」

「是那樣沒錯，但我並不是真的要她死。」

「再說那種玩笑話，小心我殺了你。」

約翰簡直成了被蛇盯上的青蛙，動都動不了。

這時米莉桑德回過頭，用真正的殺人魔才會有的眼神瞪視約翰。

「看來你身為『逆月』同夥的自覺還不夠——那我問你，不會真的取人性命的殺人行為有何意義？你說說看啊。」

「在、在戰爭中很有用。」

「是嗎？還以為你跟我有一樣的想法，照這樣聽來是我想錯了。」

當一抹淡笑逝去，米莉桑德從女僕身上拔出銀製匕首，改用左手拿那樣東西。

約翰愣愣地眺望這一連串動作。由於對方身上不帶半點殺氣，他才無從察覺。匕首的刀尖就這樣滑進約翰的胸口。

★

拉涅利安特之街是位在帝都下級地區的貧民區，占地很廣。換作平常，我肯定不敢踏進這個地方，但唯獨今日必須逼自己提起勇氣。

這裡的氣息混濁，街道很幽暗。

不時會覺得那些破破爛爛的房子裡，有人在看著我，但都沒人跟我說話。

大概是姆爾納特帝國的軍服起到震懾作用吧。而且這還不是普通的軍服——上面繡了代表準一級軍官的《望月紋》，是特別製作的軍服。

我膽怯地走了一陣了後，終於看到這次要前往的廢城出現在眼前。

官方的風土誌有提到，據說這是從前有位富豪建來吃喝玩樂的別墅，某天屋主消失後，似乎就成了強盜或動物的巢穴。

我先是做了個深呼吸，之後才走進廢城的門。

對，接下來將要跟米莉桑德正面對決。當然我已經做好準備了，但還是會怕，很想夾著尾巴逃走。

可是這樣下去不行。因為我已經決定要跟過去道別。

又做了一次深呼吸後，我穿過城牆上開的大洞，進入建築物內部。這裡很幽暗，跟墓地沒兩樣。我多加注意以免踩到散亂的瓦礫或家具，向前走了一陣子後，我總算看到一扇奇妙的門扉。因為發霉和鏽蝕變得黑漆漆的，但這扇門上的裝飾分外豪華。

而且我的直覺告訴我。

就是這裡。米莉桑德就在這扇門後頭。

緊張地吞了一口口水，我害怕地推開那扇門。

門後面是一片寬敞的空間，裡頭景色看起來像是古老的教會。這座城堡的前主人是不是有在信奉神聖教之類的——想著想著，我朝裡頭踏出一步，不料這時——

「妳總算來了，黛拉可瑪莉。」

被人叫到名字，我的心臟都快跳出胸口。

這一看才發現米莉桑德就站在祭壇附近。右手拿著銀製的匕首，左手插在口袋裡，酷似爬蟲類的雙眼閃著精光，目不轉睛地盯著我。

恐懼感害我雙腳僵硬、無法前進。

然而視線一移向她身側，我就沒了去感受這份恐懼的餘裕。

有個我很熟悉的女僕被掛在十字架上。

「——薇兒！」

「哎呀，用不著那麼慌張。這傢伙還沒死。雖然遲早會被殺。」

呀哈哈哈哈──米莉桑德嘴裡發出尖銳的笑聲。

我那顫抖的手使勁緊握成拳，用盡吃奶力氣狠瞪那傢伙。

「……把薇兒還來。」

「先等等，用不著那麼著急嘛。難得我們兩個人可以說句話，不用被人打擾喔？妳應該也有很多話想對我說吧？」

「沒那麼多。」

「但我有喔。」

米莉桑德從祭壇上跳下，伴隨著幾聲腳步聲，她靠了過來。

「──我說黛拉可瑪莉。妳知道從那天開始，我嘗了多少苦頭？」

「那天？在說哪天……」

「就是三年前的今天。我打算搶走妳項鍊的那天。」

「…………」

我還記得。就是這一天害我變成家裡蹲。

好像從那天開始，米莉桑德就從學院人間蒸發了──

「我的人生從那天開始完全變調。妳那個臭老爸給我們一族安上叛國的罪名，將我們流放到國外。」

「咦……」

「被學院放逐、被國家流放，我們一家人就此失散，連可以回去的地方都沒有，最後我的落腳處成了恐怖組織『逆月』——就在妳享受優雅的家裡蹲生活時，我體驗了這個世界的惡意，體驗到不想再體驗。」

手上的匕首轉來轉去，米莉桑德繼續說著。

「我會碰到這種事情都是因為妳，黛拉可瑪莉。我確實是因為被國家流放，才得以加入『逆月』這個崇高的組織。但這是單就結果而言。組織的理念——好比是『破壞魔核』、『死亡乃生者的本懷』，這些想法我當然都很認同。但是，一直在我心底熊熊燃燒的，根本不是這種類宗教思想，而是從三年前開始就存在於我心底深處，一個絕對不變的信念——那就是復仇之心，對黛拉可瑪莉妳的殺意。就只有這個。」

「這、這算什麼！妳恨錯對象了吧！」

「但我確實對妳存有恨意，都快把我的心燒黑了。若是放著不管，我將會被燒成焦炭。所以——我特地選了跟三年前那天相同的日子，把妳找過來，這都是為了對過去那些爛帳做個清算。當成是殺了妳踏出嶄新一步的儀式。」

「嗚……」

原來是這樣，我會意過來。

這傢伙也跟我很像。沒辦法擺脫三年前的陰影，無法堂堂正正活在當下，都是迷途的羔羊。那我看也別期待可以跟她溝通了。我帶著一絲希望，拿了用來收買她的大把鈔票過來，這些都用不到了。

「我懂妳的心情，妳是真的想殺了我吧。」

「我從一開始就這麼說了。就算妳又哭又叫，我也絕對不會放過妳。我要親自下手殺了妳，精心料理、絕無冷場——我想想看喔，接下來把妳弄得像蛋包飯好了。就像灑滿番茄醬，裡面的東西全被挖出來的蛋包飯那樣。妳很喜歡對吧？蛋包飯。」

「咦？沒有，其實我更喜歡漢堡排……」

「那就做成漢堡排吧！」

「妳的意思我不是很懂……」

「快住口黛拉可瑪莉！別再挑釁她了！」

這時教會角落傳來叫聲。猛一看才發現那裡有個金髮男子——是約翰・海爾達，他肚子那邊還在流血，正在地面上爬行。出現這個意料之外的人物，我很困惑，只見約翰用很拚命的表情望著我——

「這傢伙是如假包換的殺人魔！不是妳這種手無縛雞之力的小姑娘可以應付的！不想丟了性命就乖乖滾回家躲起來！」

「你怎麼會在這……？」

「那不重要啦！總之妳快點逃！這傢伙很危險，她有神具。妳看，胸口上的這個傷……有夠痛的，都治不好。」

「原來是這樣……」

我用力握緊拳頭──

「抱歉我來晚了。現在就去救你，你先別亂動。」

這讓約翰換上呆愣的表情。

可是他的臉馬上又皺成一團，嘴裡說著「妳這笨蛋蠢材」，開始哭哭啼啼。

「妳真夠笨的，是宇宙第一號大傻瓜。我……我可是為了把妳殺掉，才會跟這傢伙合作啊？而且妳根本什麼都做不了。這傢伙是殺人魔，跟那些只是血氣方剛又崇尚暴力的軍人不能相提並論。妳就把那個女僕的事情忘了，快點逃吧──唔咕!?」

約翰的身體在這時彈了起來。

那是因為米莉桑德放出的初級光擊魔法【魔彈】貫穿他的大腿。約翰發出痛苦的慘叫聲，在地上痛得打滾。

我心裡十分震撼。

那個女人只把其他人當作螻蟻看待。

「煩人的蝨子給我閉嘴，我接下來要跟黛拉可瑪莉來場廝殺。」

米莉桑德拿銀製匕首刺向約翰。這是能夠讓魔核恢復能力失效的神具。假如頸動脈被那樣東西切斷，約翰將會徹底死亡。

我怎麼能夠放任這種事情發生。

眼看自己的部下就要被人殺掉，有股灼熱的火焰從我身體裡竄升。

這是怒火。長這麼大還沒有類似的體驗，那把怒火燒得劇烈。

我趕緊摸摸軍服的口袋，從裡頭拿出鮮豔的小石子丟出去。

「什麼——是魔法石!?」

那讓米莉桑德驚訝地睜大眼睛。

魔法石飛了出去，打在約翰待的位置上，就這樣炸開。

「呀啊啊啊啊啊啊啊！」

約翰發出慘叫。爆炸引起的強風都快讓我站不穩了，但總算擋住米莉桑德的那道攻擊，這下我就放心了。趁約翰還沒有被神具殺掉，在那之前先用魔法石殺了他，那至少在約翰復活之前，他應該都是安全的。

「——咳咳、咳……哈哈、哈哈哈哈……不錯嘛，黛拉可瑪莉。妳早就做好應戰準備了是吧。」

當爆炸揚起的煙塵逐漸散去，在那後方的纖細身影也變得清晰起來。

我緊張到都冒汗了，手再次伸進口袋。可以帶過來的魔法石數量並不多，若是不快點分出勝負，我最後會沒招可出吧。

過沒多久，等到眼前景象重新變得清晰，臉上掛著凶惡笑容的米莉桑德就跟我對上眼。

緊接著沒有任何徵兆，對方已經朝我射出【魔彈】之雨。

★

在這段時間裡，可瑪莉的父親阿爾曼・崗德森布萊德十萬火急地趕往宮殿。

因為當他發現的時候，可瑪莉已經不見了，而且她房間裡還殘留大量血跡。這不是出事是什麼？

「陛下！可瑪莉她……可瑪莉不見了。」

也沒有請人通報就跌跌撞撞衝進謁見用的大廳，阿爾曼來勢洶洶，仰頭盯著皇帝陛下。這個金髮巨乳美少女從幾十年前開始就沒有老過，用讓人火大的從容態度端坐於王座上。

「……不見了？」

「是。不知道什麼時候跑掉的。」

「你到現在才發現？」

這讓阿爾曼呆愣地「啊？」了一聲。

皇帝看來對這個反應非常傻眼，她嘆了一口氣。

「原來你也是個看似聰明實則愚鈍的男人啊。可瑪莉大概一小時前就離開崗德森布萊德府邸了。為了拯救被米莉桑德抓走的薇兒海絲，她好像單槍匹馬跑到敵人的地盤上，朕派去的眼線是這樣回報的。」

「怎、怎麼會——」

「怎麼會明知如此還坐得住——朕看你是想問這個吧，那朕倒要問問你。朕如果採取行動，真的是為那孩子好？」

「如果您不出手，可瑪莉會被殺掉。這是要對她見死不救嗎？」

「朕怎麼可能見死不救。可瑪莉可是朕和尤琳的女兒。」

「請您別扭曲事實。可瑪莉是我的女兒才對。」

「小事情就別那麼計較了。基本上啊，你對她保護過頭了。就連這次的騷動也是，假如你沒有把布魯奈特家族流放到國外，也不會發生這種事情——總而言之，朕目前不會給予可瑪莉助力，去幫助她等於害了她。那孩子要靠自己的力量和過往做個了斷，這可是好機會。」

「那樣的手段未免太嚴厲了吧。」

「你先別擔心。朕雖然是吸血鬼，卻不是惡鬼。為了備不時之需，早就已經打點好了——只不過，朕不認為還有朕出手的餘地。」

「這話怎講？」

「你是最清楚的吧？那孩子很不尋常。單看不尋常的部分，甚至有凌駕朕之勢。」

「…………」

一陣沉默降臨，碰巧就在這時。

「打、打擾了！陛下，大事不好了。」

打破這陣寂靜的女官衝進謁見用的大廳。她大概是慌慌張張跑過來的吧，雙頰泛紅，氣息也很混亂。皇帝的眉毛動了一下——

「……怎麼了，滿頭大汗。要不要跟朕一起洗澡？還是朕幫妳舔一舔？」

女官將皇帝的性騷擾宣言華麗無視，接著稟報。

「第七部隊的成員全都成了暴徒，開始進攻帝都下級地區。」

★

「還跑到拉涅利安特之街？閣下真是個壞孩子。」

受夜闇籠罩的帝都中，有一幫人以駭人的氣勢快步猛衝。

這些都是帝國軍第七部隊可瑪莉小隊的吸血鬼，大約有五百人左右。

看上去不像有人率領，每個人都帶著狂亂的眼神，隨自己的本意盡情奔跑。都沒發現一般居民跑去報警，說「有暴徒出現」。代表他們真的是很拚命。

「哼……之後一定會遭到處分。」

貝里烏斯在這時發出無奈的呢喃。然而這個男人即便強忍腹部疼痛也要奔跑，表示他似乎很想跟閣下一起作戰。跑在他旁邊的卡歐斯戴勒扯嘴一笑。

「處不處分都無所謂吧。閣下剛才可是滿懷殺意喔？乖乖在那等未免太可笑了。」

看來會稍微瞻前顧後的人，就只有為人比較認真的貝里烏斯。其他人都懷著過剩的戰意，拚命趕往閣下所在處。第七部隊是連哭泣的小孩子遇到都不敢再哭的狂人集團。如果真有必要，就連上級長官的命令都會當耳邊風，選擇順從自己的本能。

這些傢伙像發了狂似地奔往某處，目的地正是位在帝都下級地區的拉涅利安特之街。

對，他們已經知道閣下在哪了。

臨行之際，她並沒有跟部下告知自己的去處。可是卡歐斯戴勒手中有【引力之網】這個魔法。只要有對象物身體上的一部分，就能夠鎖定對方的所在位置。可是卡歐斯戴勒當寶貝藏起來的頭髮已經心不甘情不願消費掉了。這下該怎麼辦——卡歐斯戴勒正感到束手無策時，梅拉康契突然拿了一根金毛給他。

「HERE YOU ARE！」

「嗯？」

「耶——！我入侵閣下的房間。盡情回收枕頭上的頭髮。完全犯罪超爽的。我果然好聰明。」

想也知道這個饒舌混帳被大家圍毆。

總而言之，這下就有頭緒了。雖然閣下暗示他們「別跟過來」，但他們怎麼可能聽命行事。可瑪莉小隊可是目無王法的一群人，早就已經做好心理準備，要因為違反命令受罰。應該是說他們更想受罰。想要被閣下臭罵、被她用腳踩，不然就是被她勒脖子。

「請您等等我們，閣下！我們也要過去助您一臂之力！」

唔喔喔喔喔喔喔喔喔喔喔喔喔喔喔喔喔喔喔喔喔——！

在發出嚎叫的同時，可瑪莉小隊的吸血鬼們繼續上演失控戲碼。

★

一發現對方要發動魔法，我就拚了命地鑽進長椅下。【魔彈】化作一陣風暴來襲，陸陸續續在牆壁、椅子和門扉上面開了好幾個洞。

「來呀來呀！別老是像老鼠那樣躲躲藏藏，快點出來！妳重要的女僕會被殺掉喔——!?」

「可惡……」

當彈丸擦過我的鼻尖，我鼓起勇氣從椅子下面爬出來。米莉桑德露出欣喜若狂的表情。等到她鎖定我，準備施放【魔彈】，我就從口袋裡拿出魔法石【障壁】，朝地面上丟過去。

緊接著就有魔力形成的障壁出現，跟彈丸發生激烈碰撞，撞擊出高亢的聲響。米莉桑德打了好幾顆彈丸過來，但似乎都沒辦法打破【障壁】。

這樣行得通——想到這，我準備拿取其他魔法石。接下來最好拿攻擊型的。盡量要找一出手就能幹掉對方的高火力魔法石——

「——唔唔。」

此時肩膀傳來一陣刺痛感。

可能是擦到了。不知道是什麼時候的事，【障壁】上面開了一個風洞，米莉桑德瞄準那個洞陸陸續續打了彈丸進來。從口袋掉落的魔法石散落一地，我正想加緊腳步把那些東西都撿回來，瞬間卻聽見單薄的「喀唰——————！」聲響起，【障壁】跟著應聲崩塌。

等到我心想「糟糕」，一切都已經太遲了。

衝擊聲在耳邊炸開。

魔力形成的彈丸一下子就射中我的左肩。那衝擊力道太過強大，將我的身體撞向後方，我在髒汙的地面上滾了又滾，頭還撞到石頭牆。

一邊發出呻吟，我試圖重新站起來，卻沒能辦到。

劇烈的痛楚遲了幾秒鐘才找上我。

痛到像是被火焚燒。肩口處有血液不斷滲出，就好像手那邊多了一個心臟，該處陣陣抽痛。害我眼淚都流出來了。不管再怎麼打滾掙扎，痛楚都不會消失，明確的死亡預感一分一秒逼近，讓我第一次打從心底感到恐懼。

「——這是在做什麼啊。若是妳這麼快就死了，未免太沒意思。」

這時米莉桑德靈巧地轉起那把銀製匕首，臉上還有笑意。

對啊。又不是被神具砍到，放著不管就能靠魔核的力量恢復。

可是好痛。會痛就是會痛，血都止不住。為什麼我偏偏會遇到這種事情。為什麼——

我不經意看見被人架在祭壇上的薇兒。

她的模樣看上去好悲慘。

身上到處都有裂傷，滴滴答答流下的血液在祭壇上形成紅色的血河。手腳都被人用釘子釘在木板上，感覺身體各處都快要因為自身體重而四分五裂。

跟她所受的苦痛相比，這點程度的痛算什麼。

我怎麼能在這種地方死掉。

「——喔？還站得起來？挺厲害的嘛。」

我將手撐在牆壁上，好不容易才站起來。全身都很痛，腳不停發抖，那份恐懼幾乎要讓我灰心喪志，但我更無法原諒眼前這個恐怖分子。

「……我是……不會輸的！」

米莉桑德疑似歡喜到顫抖，還揚起嘴角。

「哦——意外很有韌性嘛。接下來想要我打哪裡？胸部？還是腹部？或者要我將妳毀容？將百億年難得一見的美少女毀掉，這樣也滿有趣的。」

「……我要訂正。不是百億年，是一億年才對。」

「啊？謙虛的點太莫名其妙了，聽了好火大。」

「我比妳火大百億倍好嗎！」

我勉勉強強抓個魔法石握在手中，一丟完就死命奔跑。我要衝進米莉桑德懷裡。那裡在她的【魔彈】射程範圍外，卻在我的魔法石射程範圍內。

「呀哈！自殺攻擊!?妳是不是腦袋壞掉了啊——！」

彈丸從米莉桑德的指尖接連發射，擦到我的耳朵了。但我不覺得痛。要在感到疼痛前一決勝負。我向前彎身避開逼至眼前的彈丸，接著——

「——爆裂吧，魔法石！」

我用力閉上眼睛，引爆剛剛丟到半空中的魔法石。

當下閃光四射。

這是【白彩光】。可以在轉瞬間放出大量光芒，那魔法會讓敵人覺得刺眼。

「盡耍些惱人的小伎倆——！」

我好像聽見米莉桑德在呻吟，應該是直接被光照到吧，她按住眼睛，走起路來搖搖晃晃。從纖細的指尖胡亂發射【魔彈】。椅子、彩繪玻璃和聖母像眼看著就要變成蜂窩——不行，我不能害怕，再撐一下子就好。

我心無旁騖地穿梭在可怕的彈雨中，最終總算鑽進米莉桑德懷裡。

這時她睜開眼睛。

而此刻，我已經將手掌中的魔法石壓在她下腹部上了。

「妳這個——」

「魔法石【衝擊波】。」

「咚！」的一聲，如同字面上所說，一陣衝擊波爆發開來，米莉桑德的身體連一刻都撐不住，就這樣被彈飛出去。可是我沒有停下腳步。追著在空中飛的米莉桑德，跟她縮短距離，再朝背部著地的她發動魔法石【落石】。等魔力聚集完畢，空中就出現結實的岩石。

「快把米莉桑德壓扁！」

「這、這是要——什麼!?」

等到米莉桑德發現的時候，已經為時已晚。魔法形成的岩石在轉眼間完成，直接打在米莉桑德動彈不得的肢體上。她的高聲慘叫在空間中迴盪，還聽見像是骨折的喀嘰聲。可是這樣還不夠。我要給她致命一擊，選擇發動另一個【落石】魔法石。再度成形的岩石如流星般降下，將米莉桑德的身體無情搗爛。

伴隨一聲巨響，那衝擊足以讓整座教會都跟著搖晃起來。

這次沒有再聽見慘叫聲。米莉桑德疑似在岩石底下掙扎了一會，最後可能是沒力氣了吧，沒見她後續還有任何動作。

就算是這樣，我依然沒有鬆懈，著手準備下一顆魔法石。

不管是誰看了，應該都會覺得她已經命喪黃泉。

然而我心中卻一直覺得不安。

那個米莉桑德怎麼可能隨隨便便就敗在我手中，不可能被區區的魔法石下級魔法殺死——最重要的是，我把其他人殺了，這事實令我不敢置信。

可是在那之後，米莉桑德就一直沒有吭聲、沒有動靜。

我吐了一口氣癱坐在地上。

辦到了——我辦到了。我終於不是那個只敢躲在家的我。

不對，現在還不能安心。我趕緊手忙腳亂站起來，朝著在祭壇上宛如聖人般遭到處刑的薇兒跑去。

「薇兒！妳還好嗎!?」

她沒有反應。身體各處都在流血，整個人癱軟無力。

既然這樣，只好把她強行拉下帶回去——打定主意後，我正準備爬上染滿鮮血的祭壇。

小腿那邊忽然感受到一陣衝擊。

「咦？」

我不由得向下看。

結果看到我的腳上刺了一把銀製匕首。

握住匕首刀柄的，是一隻血淋淋的手。順著那隻手看下去，我跟那張臉看起來和地獄惡鬼沒兩樣的米莉桑德對上眼。

「呀哈哈哈哈哈哈哈哈哈——虧妳幹得出這種事，黛拉可瑪莉————！」

強烈的恐懼感襲上心頭，害我連點聲音都發不出來。

匕首被人「噗滋」一聲拔出，無力站穩的我就這樣跌倒了。我的腦袋一片空白，蹲坐在地上。這不可能。我被人刺到了，而且還是那個銀製匕首。被能夠抵銷魔核效果的神具刺到了——這份動搖都還維持不到一秒。

熱辣又劇烈的痛楚早已順著背脊爬升。

我尖聲慘叫。

眼淚都流出來了，還流了口水。肉體被撕裂的猛烈痛楚一波波襲來。這樣的傷沒辦法治好，得一直品嘗這份痛苦——發現這個令人絕望的事實，我就恐懼到快要失去意識，差點昏倒。然而生存本能仍舊紮紮實實地運作著，我的身體在無意識間於地面上四處爬行，試圖遠離米莉桑德。

「哎呀？我親愛的黛拉可瑪莉，妳打算去哪啊!?」

「唔咕！」

肚子突然被人踢了一下，我的身體向上跳動。那讓我反射性仰頭上看，只見米莉桑德嘴角向上勾起，正居高臨下地盯著我瞧。

「怎麼、會……」

「為什麼我還活著啊!?呀哈哈哈哈！若是妳以為那種低等的魔法石可以殺掉

我，那可就大錯特錯了！」

我胸前的衣服被人用力拉住。

對方那恐怖的樣貌逼至眼前，讓我不由得別開眼。眼睛轉到旁邊才看見剛才被人破壞掉的岩石。米莉桑德八成是用防禦系魔法中和掉攻勢——現在不是冷靜分析的時候。

「妳痛不痛？很痛對吧？畢竟都流了這麼多血嘛。」

「別、別這樣……」

「誰要住手啊笨————蛋！」

此時我突然間眼冒金星。當我察覺自己被人無情痛毆臉頰，我人已經滾向一旁仰躺在地了。雖然我拚命想要起身，卻因為腳上的劇烈痛楚再度跌倒，胸口撞在石板地上。

米莉桑德發出淒厲的嚎笑聲。

「好吧——以妳的程度來說，這樣算是很拚命了吧？真沒想到妳還有過來突襲我的氣魄。」

腳下踩出「喀喀喀」的腳步聲，那名死神逐漸靠近。恐懼不已的我渾身顫抖。

那把銀色的匕首閃著寒光。

「——只是呢，妳若是想殺了我，已經遲了三年。妳這人沒用又愛哭，欠人家修理。跟以前沒什麼兩樣。就算想改變，結果還是一樣。像妳這樣的人，不會在這個世界上留下存活過的證明，而是會像條蟲子，等著給人殘殺。」

說出去也不怕外人恥笑，不知道從什麼時候開始，我就在哭哭啼啼了。

身體到處都好痛。被打中的肩膀、被刺中的腳，還有被毆打的臉頰，被人狠狠刺傷的心，這些全都好痛好痛。

「哈！妳在哭啊？果然是如假包換的垃圾。還以為哭一哭就能怎樣呢——我告訴妳，想在這個世界上混，沒那麼容易！妳八成一點概念都沒有吧，我被母國流放，全都見識過了。就算在那邊哭，也不會有人來救妳！不論何時，能夠依靠的就只有自身力量！」

「話、話真多，好吵。我才、沒有、哭……」

「少在那打腫臉充胖子！」

對方指尖發射出來的彈丸貫穿我的側腹。我的身體可能開始變奇怪了，再也感受不到疼痛。米莉桑德一臉的氣急敗壞，完全沒有手下留情的意思，來到我身邊後，朝著我的肚子踹下去。

「唔呃！」

這叫我怎麼忍得住。我按住肚子，在地上痛得打滾。

「呀哈哈哈！真難看。」

米莉桑德誇張地哈哈大笑，拉住我的頭髮向上拽——

「妳看看，這次真的要被人做成蛋包飯囉？這樣好嗎？」

「妳……其實比我、更喜歡、蛋包飯吧……」

「這哪裡不對了！」

對方抓著我的臉撞地。

眼前變得一片空白，什麼都無法思考。

「——妳是不是也該使用烈核解放了？那樣還比較有看頭一點。我可是為了妳整整準備三年，妳不用的話，我會很困擾的。」

她在說什麼，我完全聽不懂。

看到我沒有反應，米莉桑德似乎覺得掃興，嘴裡碎念了幾句。

「什麼？該不會有發動條件？還是妳不打算用？已經怕到沒力氣戰鬥了？」

「…………」

「妳說話啊！」

有人在我耳邊怒吼，我的腦袋好像快破掉了。

米莉桑德接著大聲地「嘖」了一聲，繼續說著。

「……看來妳真的什麼都不知道呢。不是自認有烈核解放，覺得可以贏過我，才過來這邊的？」

「我不、知道。不知道有那種事……」

「那妳為什麼要來？憑妳原本的實力，就算使盡渾身解數也贏不了我——這妳應該早就心裡有數才對。」

那還用問。

不是贏不贏得了的問題。

也不是會不會死掉的問題——

「……我是為了薇兒才——」

我的話說到這一窒，鮮血噴濺開來。

但我還是沒有住口。

「我是為了把薇兒救出來，才會來這邊。我身高不夠高，運動神經也不行，連魔法都不會用，是一無是處的吸血鬼……來到這邊真的非常害怕，腳都在發抖，有好幾次都想回去……可是，我不想、繼續逃避下去。」

現在就連呼吸都很痛苦。

然而我還是沒有停住不說。

「因為我不能、繼續躲在家裡！所以我才會過來！我很弱小，這我清楚得很！可是不做不行！為了那些替我著想的人，我要努力才行！」

「唔……」

此時米莉桑德後退半步——依稀有這樣的感覺。

但也許是我看錯了。

她當下怒氣大發，放聲嘶吼著。

「……妳說要努力？說那什麼鬼話！光靠努力就能得到自己想要的，那大家就不會那麼辛苦了！」

我的肚子被人用力踢了一下。很想說些話來反駁，卻使不上力。

這時米莉桑德狀似無言地嘆了一口氣，還補上這麼一句。

「讓人不快，真讓人不愉快。明知自己很弱小，為什麼還要過來跟我打。無法理解……但都無所謂了。我馬上就給妳個痛快，妳就放心吧。之後——對了，來把姆爾納特帝國毀掉好了。因為這個國家有很多令人不快的傢伙在，就像妳這種人，我要把他們全都殺了。」

「…………………」

這個人是惡魔，根本毫無人性。

剛才我好像還在想「我跟她很像」，結果完全是我搞錯了。她就跟三年前一模一樣，一點都沒有要改變自我的意思。

她的本性爛透了，是只能透過凌虐他人來獲得快感的殺人魔。

我的身體上上下下都好痛，就算使力也完全動不了。

已經不行了——在那瞬間，我正想放棄一切——

「——那接下來，先從女僕開始殺好了。黛拉可瑪莉，妳可要看好了。看著妳那重要的女僕被人大卸八塊。」

她說什麼？

要殺掉——薇兒？

「嗯——好像還在睡呢。既然都要殺了，我想在她清醒時動手。那樣才能看見她痛苦的表情——一點一點削掉她的肉，她就會在這段時間裡甦醒吧？」

米莉桑德向前踏出一步。

臉上滿是凶惡的殺意，右手還拿著匕首轉來轉去——

等等。

我不許妳那麼做。

現在可不是、垂頭喪氣的時候。

「……快住手。」

米莉桑德的腳步跟著停下。

我慢慢站了起來。心中點起一盞代表勇氣的明燈，強忍著像是要嗜啃細胞的痛楚，死命盯著她那凶惡的面貌看。

「……不許對、薇兒出手。我要、打倒妳。」

這讓米莉桑德咬牙切齒。

「我說妳，能不能別說這種掃興的話？辦得到就拿出真本事啊。就妳那德行，一下子就會沒命啦？」

「我才不會、死掉，誰要被妳這種人、殺掉。」

我怎麼可能放棄。

薇兒她無論何時，都會盡力幫助我。

我若是對她見死不救，那才奇怪。

而且我可是最強的七紅天大將軍。部下都要被人殺掉了，哪有人會笨到冷眼旁觀默許這一切？

所以我要——把眼前這傢伙宰了。

「呀啊啊啊啊啊啊啊啊啊啊！」

單看發出的叫聲倒是很有氣勢，我拖著腳衝向米莉桑德。

沒有任何對策，只是靠著一股氣勢發動自殺攻擊。要給那傢伙的臉吃上一擊——心中只剩下這個念頭，我使出吃奶的力氣拚了。

「吵死人了！」

對方的迴旋踢在我臉上炸開。這下我實在是連站也站不穩了，要不了多少功夫，整個人已向後仰倒。不過我還是沒有放棄。在血泊之中鞭策著全副身心靈，重新站了起來。

「我還可以，還可以戰鬥……」

「都說妳很煩人了──────！」

對方射出一大堆【魔彈】，擦過我的臉頰、擦過肩膀，打在我的側腹上，飛濺起來的血花多到令人心驚，但我沒有停下。反正傷口很快就會治好。就算手斷了、內臟被人挖出來也無妨，如今都要忍耐，只想專心突擊敵人就好。

「不可原諒……我一定要把薇兒帶回去！」

「裝什麼正義使者！明明就是個家裡蹲！」

「我不是家裡蹲！會打倒妳踏出嶄新的一步！」

「嶄新的一步？看我折斷妳那美麗的玉腿，把妳宰掉！」

「我絕對不會輸給妳！像妳這種隨意傷害他人的邪惡分子，我是絕對不會敗在妳手上的！就讓我來懲治妳！」

「哈！辦得到就試試看啊──────！」

此時米莉桑德舉起雙手。我感覺到魔力在聚集。糟了──但我有這念頭的時候，已經錯失先機了。她手中出現魔法陣，過不了多久，伴隨震耳欲聾的聲響，一道雷射光照射過來。

這是上級光擊魔法【背教的邪光】。

我沒辦法避開。一方面是因為身體動彈不得，另一方面是我一旦避開，被架在我背後的薇兒就會遭雷射光直接命中。

「——！」

緊接而來的強大衝擊籠罩全身。

我眼前全都變得一片亮白，幾乎快要失去意識了，但還是在瀕臨極限時強忍住。傷口被刨開，血管破裂，我想這次搞不好真的會死，那時我的身體彷彿遭到強風吹拂，被吹飛出去。

等到我回過神，人已經仰躺在地面上，看的是天花板。

身體沒辦法動，就連指尖都動不了。

痛覺好像早就沒了，恐怕我全身都變得七零八落，卻完全感受不到任何痛苦。

啊啊——我是不是會就此死去。

我不甘心，實在太不甘心了。沒辦法打倒米莉桑德，也沒辦法拯救薇兒，我被殺掉的時候，是不是依然還是那個無可救藥的家裡蹲女孩？

我討厭這樣。

難得我不像平常的我，拿出勇氣努力抗衡。

出現這樣的結果，實在太過分了。

「可瑪莉大小姐。」

感覺自己像是被推進絕望深淵，當我哭到一半，這聲音傳入我耳中。

一開始還以為是幻聽，但卻不是。我好像躺在靠近祭壇正下方的位子上。轉眼看了看，看見被綁住的薇兒裙子下都穿了些什麼。

是黑色的內褲。

不對我在看什麼啊，又不是變態。不曉得是不是被迫立於死亡深淵的關係，腦子好像有點怪怪的。

「可瑪莉大小姐。」

這下我是真的嚇了一大跳，震驚程度超越看到內褲。

因為薇兒恢復意識了。

「薇兒……對不、起……我、救不了妳──」

我從嘴裡咳出鮮血，沒辦法再說更多的話了。就算我想說，嘴裡也只能發出難堪的「嘶──嘶──」聲。

薇兒流下血淚，面帶微笑。

「我好感動，您又過來救我了。」

不對。不是那樣的，薇兒。

我什麼都沒能做到。只是不顧一切地跑出房間，被人輕而易舉殺掉。稀世賢者聽了是會傻眼的。

「請您別露出那麼悲傷的表情。您已經很努力了，再也不是只知道躲在家裡的吸血鬼，今後請您抬頭挺胸活下去。」

我怎麼有辦法抬頭挺胸。我還是那個只能當家裡蹲的沒用吸血鬼——似乎察覺到我的想法，薇兒看似無奈地加深笑意。

在這之後，我不由得睜大眼睛。

薇兒的右手原本還被釘子釘著，她卻用力把手拔起來，還伴隨一陣「噗滋噗滋」的聲響。釘子彈飛出去，大量血液跟著流下。光看就覺得很痛。只有那麼一下子，薇兒露出不適的表情，但立刻就換上平常會有的冷靜面貌。

「您是世界上最強最善良的人。只是——對自己沒什麼自信，才會有那麼不安的表情。」

沾滿鮮血的右手慢慢抬了起來。

那白魚般的指頭放到我正上方。

手指前端有顆血珠——

「——妳——還活著啊黛拉可瑪莉——！」

讓人發毛的大嗓音突然在這時迴盪起來。

不用說也知道，對方是米莉桑德。雖然我看不見她的身影，但從腳步聲聽得出她不開心，對方逐漸朝我靠近。

「妳等著，黛拉可瑪莉————！我要用這把《銀滅刀》砍個痛快！」

這樣下去真的會被殺掉。我的腦袋明白這點，身體卻動不了。心也停擺了。

我的目光全都定在一個點上。

就是薇兒的手指。那鮮紅的血液。魔力的根源。吸血鬼的糧食。是我最討厭的飲品。

「請您原諒，可瑪莉大小姐。我已經做好接受任何處罰的覺悟了。」

薇兒向我道歉時，沒有半點情緒起伏。

紅色的血滴從指間滴落。

底下的血滴在重力作用下迅速墜落——滴到我的嘴脣上，將嘴脣沾溼。

天地頓時染上一片血紅。

★

龐大的「未來」成了光之粒子，流進腦髓。

那景色實在太過眩目。長這麼大還是頭一次看到如此光明的前程。即便透過【潘朵拉之毒】的力量，也難以捕捉那浩瀚無垠的可能性——讓我覺得這個人前途不可限量。

——嗯，沒問題的。我都看清楚了。

——如果是可瑪莉大小姐，不管遇到什麼困難都不會再輕易受挫。

這讓薇兒不禁綻放笑容。那是安心的笑容。因為自己敬愛的少女，她的未來是如此光芒萬丈。

「——可瑪莉大小姐。您絕對不會輸。」

小聲說完這句話，薇兒海絲緩緩閉上那雙染紅的雙眼。

★

「都跟您說了，陛下，現在應該馬上派遣軍隊到下級地區！」

「不是已經有軍隊出動了嗎？就是第七部隊。」

「那不是軍隊，是犯罪集團。」

「你呀，那好歹算是帝國的正規軍隊，居然對他們——嗯，先等等。」

伸出手制止拚命想訴說些什麼的阿爾曼後，端坐在王座上的皇帝皺了皺眉頭，仰頭望天。在這種非常時期又有什麼事啊——阿爾曼覺得自己急得像熱鍋上的螞蟻一樣，等著她開口發話。

該名金髮巨乳美少女先是微微一笑，接著如此說道。

「看來已經來不及收手了。」

「陛下，我不明白您的意思。」

「不明白就動腦子想想。有龐大的魔力反應出現了。從那方位來看，地點是帝都的下級地區，也就是說可瑪莉已經攝取血液了。」

「什麼！」

一絲冷汗沿著阿爾曼的臉頰流下，這表示事情已經陷入無可挽回的境地。

然而皇帝臉上那胸有成竹的笑容依然如故。

「這下事情可以圓滿收場了。」

「……您是認真的嗎？為了不讓那個孩子喝到血液，陛下應該知道我花了多大心思去注意吧？」

「用不著擔心，應該不會發生像三年前那種悲劇。」

「可是——」

「你這是對自己的女兒沒信心？那個孩子當上七紅天後，遇見很多人，原本根深柢固的喪家犬劣根性都已經徹底洗刷掉了。如今這孩子心中已經踏實了。想必喝了血液也不至於喪失自我——只是之後可能會對肉體造成一些損害。」

「…………」

阿爾曼不由得緊咬牙根。

可瑪莉之所以會討厭血液，都是因為阿爾曼透過催眠來誘導她產生那種想法。她本人可能毫無自覺，但那女孩身上藏有令人畏懼的力量。

就是《烈核解放》──是出現機率極低的特殊能力。透過刻意切斷魔核保護力的方式，來引出沉眠在自己體內的原始力量，是超乎常理的最終奧義。

像可瑪莉發動這個奧義的條件就是「攝取他人的血液」。

之前可瑪莉只發動過三次烈核解放。

第一次是三歲的時候。吃晚餐時可瑪莉初次飲用血液，結果將崗德森布萊德家的吸血鬼一個不剩地殘殺殆盡。

第二次是十歲的時候。新上任的女僕不小心替可瑪莉端上加了血液的料理，結果那個女僕連眨眼都來不及就慘遭殺害。

第三次是十二歲。被欺負她的人施暴時，因為某些原因喝到噴濺回來的血液，欺負她的人都還來不及釐清發生什麼事，人就當場死亡了。不僅如此，可瑪莉還隨機殺害學院裡的學生跟教職員，當時的帝國軍第三部隊隊員和七紅天出動鎮壓，就連他們都不幸殉職。

也就是說，給可瑪莉喝血液就等同替隨機殘殺揭開序幕──而故意挑起此事的元凶卻沒有一絲一毫憂愁樣，正優雅地翹著二郎腿。

「七紅天是跟人廝殺的專家，光是放任弱小的七紅天存在，對國家來說都是一種褻瀆。朕之所以會准許可瑪莉成為七紅天，一方面是想讓那孩子重新振作起來——但最重要的是，那孩子真的很適合當大將軍。」

「怎麼這樣……」

「啊啊真期待，讓朕見識見識吧，黛拉可瑪莉。放眼帝國千年來的歷史，還不曾見過足以與之相提並論的至高烈核解放，讓朕見識【孤紅之恤】的真本事吧。」

只見皇帝一臉陶醉的樣子，抬頭仰望上空。

在宮殿的天窗上，一輪足以讓人不寒而慄的美麗紅色滿月正在發光。

★

可瑪莉小隊的吸血鬼們挾著懾人氣勢衝進廢棄的城堡中，一進入城堡內的教會，他們的臉都刷白了。

那景象實在太過詭異。

放眼望去可以看到那裡灑滿不曉得來自何人的血液。在教會中央地帶站著一位青髮女子，她身上帶著銀色的匕首，想來應該就是在宴會會場挑起襲擊事件的恐怖分子沒錯。

原本他們是想直接撲上去——但那些血氣方剛的可瑪莉小隊成員之所以會悶不

吭聲，都是因為教會深處那祭壇上的光景使然。

有個女僕被架在上面。

還有——在女僕底下，讓吸血鬼們敬愛不已的黛拉可瑪莉閣下正癱倒在那。

難道說，閣下敗給那個恐怖分子了？

可怕的想像在吸血鬼之間蔓延開來，這時卻出現奇怪的現象。

那就是閣下像是從墓地底部死而復生的亡者那般，慢慢地爬了起來。她身上的衣服破破爛爛，四肢都沾滿鮮血，臉上就像凍結一樣，沒有任何表情——

她的小嘴微微地動了一下。

「殺了妳。」

下一瞬間，「轟！」的一聲，紅色的魔力風暴席捲這座教會。不對，受到這陣騷動波及的不是只有教會而已。閣下散發出來的劇烈魔力奔流包圍了整個廢城，還有下級地區，別說是帝都了，照那氣勢來看甚至有可能連帝國全境都籠罩住，天地逐漸被染紅。

在這裡的吸血鬼全都背脊發涼。

恐懼、困惑、不安。他們心中自然少不了這些負面情感，可是真正讓他們發抖的，是無與倫比的期待和歡喜。

那是將天際染紅的大將軍。

這就是黛拉可瑪莉・崗德森布萊德真正的實力（超強）。

「閣下——」

這時突然有人先開了口。那聲音如同漣漪般擴散開來。

「閣下！」「可瑪莉閣下！」「閣下終於要使出全力了嗎！」「請您將恐怖分子虐殺！」「可瑪莉小親親！可瑪莉小親親！可瑪莉小親親！」

那幫吸血鬼的狂熱情緒逐漸高漲，最後開始拿可瑪莉的名字當口號喊，弄到一發不可收拾的地步。在這陣狂熱風潮的包圍下，待在教會正中央的當事人可瑪莉閣下，如今正用冷酷無比的眼神看視自己的仇敵。

★

米莉桑德・布魯奈特眉頭深鎖。

剛才應該已經被她痛扁到體無完膚的黛拉可瑪莉站起來了，而且全身上下都有質量非比尋常的魔力在沸騰著。

這個時候背後突然湧現歡呼聲。

不知道從什麼時候開始，一群身穿軍服的吸血鬼已經來到入口處聚集。那個小妞，居然還叫同夥過來——咬牙切齒的米莉桑德轉頭看向黛拉可瑪莉。

「我說黛拉可瑪莉，我有跟妳說過若是跟其他人講，就會殺掉人質對吧？那個十字架上已經安裝炸彈了。只要我灌注些許魔力，那玩意兒馬上就會——」

她說到這不禁呼吸一窒。

不見了。

黛拉可瑪莉消失了。

陷入慌亂的米莉桑德開始東張西望。這不可能。她逃去哪了？剛剛的確還在那裡的——背後似乎有汗水流下，就在這個時候。

腹部突然感受到一股強烈的衝擊。

「咕、呃啊！」

米莉桑德口中發出苦悶的悲鳴，一時間腳步踉蹌的她靠著與生俱來的膽識勉強站定。

她驚訝地睜大雙眼，向下看著自己的側腹部。肉全都裂開了，紅色的血液咕嚕咕嚕地冒出來。那痛楚大到像是內臟都被人挖出。不對，對方是真的想把內臟挖出來吧？一弄明白，米莉桑德的臉頰就跟著微微抽搐。

「妳……幹了什麼好事——！」

那群吸血鬼發出歡呼聲。這一看才發現距離大約三公尺遠處，黛拉可瑪莉就站在那。

紅色的雙眼閃著狠烈凶光——而且那雙發光的紅色眼睛比平常還要紅——右手被米莉桑德的血液染成鮮紅色。完全感受不到遭人霸凌的人會有的懦弱感，黛拉可瑪莉看上去儼然就像一隻怪物。

她默不作聲，一直盯著米莉桑德看。

「……這、這是什麼，莫非是……烈核解放……？」

「…………」

「妳說話啊！看清楚了，我的肚子都裂開啦！妳要怎麼賠償我!?說啊!?」

「……殺。」

「啊!?聽不到啦！」

「殺了妳。」

黛拉可瑪莉接著朝地面上一蹬。帶著那股紅色的魔力，速度快到跟風一樣的她逼近米莉桑德，米莉桑德見狀下意識感到恐慌，連續發射【魔彈】。雙手手指放出的光彈彈幕掩去教會的幽暗，可是一發都沒打中黛拉可瑪莉。她的動作根本不像生物會有的，將那些彈丸逐一避開。這下糟了，動作好快。

「唔！」

拳頭逼至眼前。

就像小姑娘會有的，握起來的拳頭小巧玲瓏，可是米莉桑德感應到一股非比尋常的殺氣，霎時間扭身。沒能打中敵人臉部的拳頭，刺進米莉桑德背後的牆壁。

令人畏懼的魔力在該處引起大爆炸。

被爆炸風壓掃到的米莉桑德一屁股跌坐在地。

這一看才發現磚牆就像玩具一樣，全被吹走了。

那讓米莉桑德目瞪口呆。這不可能，騙人，是哪裡搞錯了。

她這三年來的目標，就是要讓黛拉可瑪莉的烈核解放碰一鼻子灰。等到打倒那傢伙，她才能夠確定自己真的變強了。

然而——萬萬沒想到事情會變成這樣。

沒料到那傢伙的烈核解放是如此異常。

米莉桑德按著肚子站起來。對方的右手一下子張開一下子握住，同時還歪著頭。背後那些吸血鬼就像臭小鬼一樣，吵吵鬧鬧地喊著「可瑪莉！可瑪莉！」

——開什麼玩笑。

「開什麼玩笑……開什麼玩笑開什麼玩笑開什麼玩笑……！」

什麼叫「殺了妳」，該被殺掉的人是妳才對。將他人意念踐踏得體無完膚的傢伙，就該死得悽慘無比。米莉桑德眼下只想將她的心臟到腦髓全都打成蜂窩。

她先是搖搖晃晃地後退，接著拚了命地凝聚魔力。燃燒沉眠在身體深處的所有魔力。雖然她的血管斷裂，還有鮮血從眼睛流出來，但這些米莉桑德才不管。只要能殺了那傢伙就好。能殺了她就好。能殺了她就好。

「米莉桑德。」

這時黛拉可瑪莉轉頭看米莉桑德。

彷彿在嘲笑米莉桑德，黛拉可瑪莉面無表情地說了這麼一句。

「妳真可悲。」

米莉桑德感覺到體內有某樣東西斷裂。

她發出忘我的咆叫。

「妳、這、個、臭小鬼——————！」

聚集起來的魔力形成毀滅性光束發射出去。

這是特級光擊魔法【滅教的邪焜】。

猛烈到快要把地板掀起來的超大光束炮向前射出。這下她完蛋了——米莉桑德嘴邊揚起扭曲的喜悅笑容。

然而，令人驚訝的事情發生了。

原本以為那會打中黛拉可瑪莉，光束炮的行進方向卻轉向正上方。

「什麼……！」

那軌道看起來像是被什麼東西彈開，緊接而來的是轟天巨響。朝著上方衝去的光束炮並沒有減速，而是直接突破石頭做的天花板——這樣還不夠，甚至陸陸續續衝破高樓層的地板、天花板，連夜空中的雲朵都貫穿，這才消失無蹤。

廢棄城堡的屋頂上開了一個大洞。

從洞口中降下的月光將教會內部染成血紅色。

渾身戰慄的米莉桑德看著黛拉可瑪莉。

她正面張開了魔法陣。這是上級反射魔法【淨琉璃】。能夠自由操控打在魔法陣上的攻擊軌道，是沒多少人會用的密技。

「為什麼？妳怎麼會用那種魔法——唔呃！」

緊接而來的一陣衝擊像是要把左手打飛一樣。

下一秒，超乎想像的劇痛找上米莉桑德。

她一面尖叫一面看著自己的左手，但卻沒能如願。因為左手已經不在那裡了。

如同字面所述，左手真的被打飛了，落在教會的邊角上，像蚯蚓似地扭滾。

這是下級光擊魔法【魔彈】。

那個小妞故意用米莉桑德擅長的招數反擊。

不可原諒不可原諒不可原諒——必須盡快殺了她。

「!?」

這時米莉桑德感覺有點不對勁。

她的腳動不了，就像是被誰抓住——

「噫噫!?」

接著她口中發出難堪的悲鳴。因為她腳邊的血泊中伸出滑溜的紅色手臂，正用力抓住米莉桑德的腳踝。

「這……是、什麼！」

不對，那可不像「抓住」那麼簡單。

紅色的手力氣大到像鉗子，打算把米莉桑德的腳捏碎。她拚命發射【魔彈】，但可能這玩意兒原本就是用血液構成的關係，是能夠在上面開洞沒錯，那力道卻完全沒有減弱的跡象，最後米莉桑德終於連發射一顆彈丸的魔力都沒有了。

她一直喊叫要對方住手也沒用。

伴隨著喀嘰聲，腳踝的骨頭被弄碎了。

過於劇烈的疼痛讓米莉桑德發出慘叫，人跟著軟倒。斷掉的骨頭刺破皮膚跑到外面，令她渾身上下血色盡失。

這是什麼？

沒聽說過有這種魔法。

「開什麼、玩笑，開什麼玩笑，開什麼玩笑……」

她嘴裡叨唸著詛咒的話語，眼睛轉向黛拉可瑪莉。

那傢伙眼中盡是冷酷的光芒，朝著米莉桑德走去。

在紅色月光的照耀下，少女渾身是血。

米莉桑德不由得渾身發抖。

然後她產生一股微妙的熟悉感。

並不是腦袋記得那些，而是身體記得。

這種感覺是——跟三年前從黛拉可瑪莉身上奪走項鍊後，當下感受到的感覺一模一樣。

這三年來，米莉桑德想為當時的事報一箭之仇，一路走來拚命努力。

可是，沒想到結果卻變成這樣。

我的努力都沒意義嗎？

從一開始，這傢伙就不是我能夠對付的對手？

「唔喔喔喔！閣下！」「幹掉她！」「恐怖分子在這世上就是垃圾！」「閣下好酷——！」「跟我結婚吧——！」「可瑪莉小親親！可瑪莉小親親！可瑪莉小親親！」

背後有些煩人的吸血鬼像醉漢一樣，在那邊鬼吼鬼叫。

而黛拉可瑪莉已經來到米莉桑德身邊。

「都結束了。」

她朝著米莉桑德緩緩伸手。

米莉桑德下意識感到恐懼。

——恐懼？我嗎？就因為黛拉可瑪莉這種貨色？別開玩笑了！

這個時候她突然驚覺。

還有機會，自己還有勝算。

連神明都能夠殺害的銀製匕首《銀滅刀》還被她牢牢用右手握住。

沒什麼好猶豫的了。

「去死吧黛拉可瑪莉莉莉莉莉莉莉莉莉——————！」

她雖然高舉那把匕首，卻沒能刺進黛拉可瑪莉的脖子。

因為右手應聲掉落。當然是米莉桑德的。

不知道是什麼時候的事情，肩膀以下的部分都被砍得乾乾淨淨。

「啊、咿……」

這讓她的心充滿絕望。

自己再也沒有任何手段能夠對抗她。

察覺自己必定會戰敗的瞬間，對死亡的恐懼便如海潮般滿溢而上。全身都在顫抖，身上冒出冷汗，但米莉桑德還是逼自己拿出氣魄，反過來瞪視黛拉可瑪莉，然而一被她那非比尋常的霸氣對上，米莉桑德就變得跟小鬼頭沒兩樣，怕到不敢亂動。

「妳——為什麼會——」

她想問什麼，就連自己都弄不明白。

在壓倒性的才華面前，所有的努力都是徒勞無功——這樣太不公平了，米莉桑德想要對此大聲糾正。受到命運之神眷顧而天賦異稟的黛拉可瑪莉令她憎恨不已，同時也羨慕得不得了。

她愣愣地望著自己的宿敵。

對方有一身駭人的魔力，強大的氣場——

可是米莉桑德突然發現一件事情。

那就是黛拉可瑪莉狼狽不堪。

衣衫凌亂，表情雖然很剛毅，臉上卻沾滿鮮血和淚水、弄得一塌糊塗，肚子跟肩膀上也不斷流出鮮血，想來《銀滅刀》挖出來的傷口為她帶來不少痛苦。

模樣實在太悽慘了。

這些全都是米莉桑德的傑作。

假如黛拉可瑪莉早就知道自己有烈核解放，而且能夠自由自在運用，她總不可能甘願遭受這樣的摧殘。

對了，這傢伙也不是完人。

反倒就如她本人所說，平常是連凡人都比不上的沒用吸血鬼。能力上沒有半點讓人羨慕之處，走到哪都是個丟人現眼的劣等吸血鬼。

那樣的人卻鼓起勇氣，堅持到現在。

——據說烈核解放跟心靈狀態有很深的關聯。

米莉桑德不經意想起天津老師說過的話。

——為了那些替我著想的人，我要好好努力！

黛拉可瑪莉的叫喊聲在腦海中迴盪。

也許真的就像天津老師說的那樣，米莉桑德心想。

假如自己擁有跟她一樣強韌的內心，不曉得結局又是如何。

因為自己覺得難受，就拿這個當理由做些無聊的霸凌。

當成是讓自己變強的手段，她還加入恐怖組織。

這些事情的起因都在於米莉桑德心靈脆弱，如果她能夠尋求其他管道，也許會擁有不一樣的未來——

不。

現在回頭去說過往的事情也沒用了。

等到米莉桑德注意到的時候，她已經流下眼淚。

不是因為輸掉而不甘心，也不是害怕死亡。

而是因為黛拉可瑪莉看起來太過耀眼。

——她想成為這樣的人。

「覺悟吧。」

纖細的手指在這時擱到米莉桑德的脖子上。

血紅色的吸血姬用極為平淡的語氣如此說道。

「這樣就一筆勾銷了。」

「等等——咕呃！」

連為自己的言行後悔的時間都沒有。

被絕望的波濤包圍，米莉桑德一下子就被對方取下首級，就此喪命。

※

六國新聞　五月二十一日　早報

『姆爾納特帝國逮捕「逆月」女性成員

【帝都——梅爾卡・堤亞諾】姆爾納特政府至今都積極對抗恐怖分子，在二十日當天發布消息指出，他們已逮捕疑似為反魔核恐怖組織「逆月」成員的女子。她是出生於姆爾納特帝國的吸血種，原本潛伏在帝都下級地區的拉涅利安特之街，遭到黛拉可瑪莉・崗德森布萊德七紅天大將軍殺害及逮捕。這是首次有「逆月」成員遭到逮捕，姆爾納特帝國給了在六國間肆虐的恐怖組織一記強烈打擊……（中間省略）……逮捕恐怖分子的崗德森布萊德大將軍將會獲頒榮譽勳章。號稱最年輕最強的新七紅天，今後將陸續有活躍表現，想必讓整個帝國為之狂熱的「可瑪莉風潮」還會延燒一陣子。她今後的動向值得關注。』

# [0] 尾聲



等到我發現的時候，自己已經躺在床上了。

腦袋渾渾噩噩，身體到處都很痛。

這天花板看起來很陌生，我怎麼會躺在這種地方。難道說我終於被人誘拐了？這是很有可能的事情。我家很有錢，又有政治影響力。最重要的是我本身還是一億年來難得一見的美少女——

「可瑪莉大小姐，您醒了嗎？」

聽到有人叫我，我不經意看向旁邊。

床鋪旁邊有張椅子，變態女僕就坐在那上面。

我的眼睛跟著睜大。因為她穿的不是女僕裝，而是病患會穿的衣服，而且雙手都捲了一層又一層的繃帶。這樣一點都不像那個變態女僕，變成單純只是個變態了。不對先等等，那不是重點。

「——薇兒!?妳、妳沒事嗎!?」

大吃一驚的我正打算起身，卻因下半身帶來的劇烈痛楚倒回床鋪上。好痛，太痛了，就好像小腿肚被剪刀剪到一樣。

「請您別亂動，傷口都還沒有癒合。」

「好痛喔～！這是什麼，怎麼會這麼痛!?腳好像燒起來一樣！」

「那是因為您被神具傷到。您都不記得了嗎？」

聽她這麼一說，我開始回想。

對喔。我孤身一人前往廢棄城堡，跟米莉桑德作戰，被她打得很慘。想說自己是不是沒辦法救走薇兒，會這樣死掉，當下心灰意冷——但我現在會覺得痛，代表我還活著？

「……問妳喔薇兒，這裡是天堂嗎？」

「不，是現實世界。可瑪莉大小姐贏了。」

「什麼？」

「您打贏米莉桑德・布魯奈特。您單槍匹馬闖進廢棄城堡，打倒了那個恐怖分子，救了被囚禁的我。」

「……不，妳在說什麼我完全聽不懂。」

不管怎麼想，我都應該會輸掉才對。

全身被【魔彈】打得千瘡百孔，還被銀匕首刺到腳，最後被超級大的光束炮打中，滿目瘡痍。能夠在那種狀況下逆轉勝，這個人不是小說中的主角就是魔王。

薇兒目不轉睛地和我對看，嘴裡這麼說。

「您知道烈核解放嗎？」

「烈核……？噢那個啊，之前洗澡的時候說過的東西？」

「是的。烈核解放有別於魔法，是屬於不同體系的特殊能力。擁有這個能力的人可以切斷自身與魔核的聯繫，發揮出平常被魔核用魔力封印住的真正實力。」

「是喔——這我還是第一次聽說……那能力怎麼了嗎？」

「可瑪莉大小姐您用了這種力量。」

「咦？妳說什麼？」

薇兒跟我說的事發經過如下。

我天生就具備名為【孤紅之恤】的烈核解放，喝下血液將能夠獲得爆發性的魔力和身體機能。快要被米莉桑德殺掉的時候，薇兒讓血液流入我口中，藉此促使烈核解放發動。獲得最強力量的我，在自己不知情的情況下把米莉桑德痛扁一頓。

原來如此原來如此——不不不不！

「我一點印象都沒有耶!?」

「是因為魔力、體力和力氣都用盡的關係吧。您弄斷米莉桑德的脖子後，整個人就失去意識。第七部隊的那些無賴將您運回宮殿，您這才平安無事，但一個沒弄好，您可能早就沒命了。」

「先暫停一下，我想問的事情堆得跟山一樣高，腦袋好混亂！」

「之後再跟您細細解釋吧——總而言之，可瑪莉大小姐是最強的。不管遇到什麼樣的敵人都能夠輕鬆屠殺掉。事實上米莉桑德也三兩下就死了。」

「那種事情要人家怎麼相信啊！換成剛好有隕石掉到那傢伙的頭頂上，她才三兩下死掉，這樣還比較有可信性！」

這換來薇兒一陣輕笑。

「就是說啊，您很難相信對吧。不相信也沒關係。只要您人還能在這，我就心滿意足了。」

「嗚……」

這傢伙臉不紅氣不喘說這什麼話啊。

這樣我會很害羞，快住手。對我展現這麼純真的情緒，我不習慣啦。妳還是只對我展現邪惡情緒好了。不對那樣也不行。

我的目光從薇兒身上轉開，想要設法改變話題，嘴裡小聲嘟噥。

「……妳的身體還好嗎？應該吃了很多苦頭吧。」

「我好歹也是一個小小的軍人，對於耐打度很有自信。」

「這樣啊……」

話聊到這邊就詞窮了。我的腦袋又開始進入放空狀態。雖然知道這裡不是天堂，身上依然還是留有微妙的浮遊感。

「可瑪莉大小姐。」薇兒用淡然的語調接話。「可瑪莉大小姐您戰勝了。那個恐怖分子遭到逮捕，現在被綁在地牢裡，應該再也沒機會來襲擊您了吧。」

「嗯、嗯嗯。」

「因此，你沒有必要再拘泥於過去。」

「…………」

就在這一刻，有一股爽朗的風吹過我的心房。

再也不用被過去束縛，那樣不曉得有多暢快。

這三年來，我一直在米莉桑德的陰影下害怕地活著。

不敢出去外面，不想跟其他人扯上關係，就怕又會有難受的經歷——這些消極的想法在心底持續膨脹著。把自己關在陰暗的房間裡，沉浸在毫無意義的思考中，不斷在自己的悲慘遭遇中打滾。

那樣的日子終於要結束了。

我成功踏出嶄新的一步。

「……就算打倒那傢伙，心靈的傷痛也不見得會消失。」

「或許是那樣。不過——」

「之後我會試著跟米莉桑德談談看。」

此時薇兒驚訝地睜大雙眼，我也為自己的話感到訝異。不過，冥冥之中有種感覺，我覺得自己必須那麼做。

「那個人很恨我，可能以後這種想法也都不會改變。但是——至少我希望自己能做出改變。不是去害怕她，而是試著去努力，看能不能理解她，我覺得有這個必要。若是沒這麼做，就不能說自己真的跟過去訣別。」

「……您好偉大，不過這話也說得太漂亮了。」

「我也這麼覺得呢。」

我不由得苦笑。當事人自己來說這種話好像有點奇怪，但是要跟其他人——而且還是對自己抱持敵意的人試著溝通，換成是不久之前的我，應該完全不會動這種念頭。

就這點來看，或許我變得比較成熟一點了。

「……今後稍微到外頭看一看，或許也不壞。」

「我明白了。那就以兩天三次的頻率來安排開戰計畫吧。」

「妳做的事情未免也太極端了吧！」

忿忿不平的我倒頭躺回床上。

這傢伙還是老樣子，都不理解我的心情。不對，我猜是她都理解卻故意捉弄我。性格真是太差勁了——只是這傢伙嘴上雖然常說些有的沒的，還是會替我著想，所以我沒辦法嚴厲譴責她。

「可瑪莉大小姐。」

「怎麼了？」

「謝謝您過來救我。」

我偷看她臉上的表情。

還是像平常那樣，都不苟言笑，但難得臉頰上多了一抹紅暈。她可能一直在找機會道謝吧。

「不客氣。」

我這話是看著天花板說的，語氣就是不自覺變得粗暴起來。

「……話說回來，在我還搞不清楚狀況的時候，事情就解決了呢。可是真的圓滿解決了嗎？該不會是我在做夢？」

「沒這回事。這是現實。」

「……好吧，感覺起來的確不像在做夢。可是我還是無法理解，為什麼米莉桑德會被帝國軍抓住？」

「因為可瑪莉大小姐用了烈核解放，救助了我。」

「就跟妳說那個是……算了吧，反正最後我們兩個人都平安無事。」

那些瑣碎的事情之後再去想好了。

就在這個時候，我突然想到薇兒的事情。

「──對了，妳之後有什麼打算。」

「咦？」

「三年前的事情已經收拾完了。妳不需要繼續當我的女僕了吧？」

如果書信上寫的事情都是真的，那薇兒就是為了贖罪才來當女僕（雖然我並不希望她來贖罪）。

如今都已經跟過去做個了斷了，她也沒義務來服侍我了吧──懷著這樣的想法，我偷偷觀察她的反應。

結果變態女僕一臉世界末日要來的樣子。

「怎麼這樣……是我已經沒有利用價值了嗎……」

「不，不是那樣。」

「可瑪莉大小姐太過分了，您是不想讓我工作餬口了吧。那我不就只能變成小偷，闖進可瑪莉大小姐的房間偷內褲了嗎！」

「妳起碼偷些有價值的東西吧!?愛講這種話，當心我真的解雇妳!?」

「嗚嗚……說要解雇太沒人性了。虧我之前還為可瑪莉大小姐出生入死……」

「好啦好啦！妳就一直待在我身邊吧！今後也多多指教啦，薇兒！」

「咦，這是求婚……？」

「最好是啦！」

都怪我大聲吐槽，腳上的傷口在痛了。

這個女僕還真難搞。

不過——能夠像這樣拌嘴也不錯。

像這個樣子，跟某個人以對等的姿態對談，心情會變得比較開朗，會覺得為了一些小事情煩惱很白痴。

如果跟她在一起，也許我真的能有所改變。

至少在眼下這瞬間，我有那種感覺。

☆

我果然還是想回去當家裡蹲。

打心底這麼想。

「——急報！梅拉康契大尉打倒敵方大將了！重複一遍！梅拉康契大尉打倒敵

方大將了！我軍勝利！」

當傳令兵的聲音傳達到各個角落，原本在我四周文風不動的吸血鬼們全都發出震耳欲聾的嘶吼聲。被這陣嚎叫包圍，我暗自鬆了一口氣。

「真是驚險，沒想到他們會集體總動員發動突襲。」

「就是說啊，還以為我會死掉……」

我緊繃的肩膀跟著放鬆，深深地癱坐在椅子上。

還是老樣子，我人在戰場上。

由我率領的姆爾納特帝國軍第七部隊，在跟拉貝利克王國的大猩猩軍團做第三回作戰，當然跟我們宣戰的是敵人那邊。看來那個哈迪斯・蒙爾基奇中將真的很想找我報仇。

既然對方要再度跟我們開戰，那我們是不是該做好相應的準備——早先那些警戒工作若要做負面解釋，其實形同是白做的。因為那幫人已經自暴自棄了。戰爭才剛開始開打，蒙爾基奇中將下的命令居然就是全軍突擊。殺紅眼的獸人完全把理智拋諸腦後，全面發動自殺攻擊……然後呢，負責打頭陣的就是大猩猩本尊，聽說梅拉康契用爆擊魔法神準命中大猩猩，把他幹掉了。

假如那個大猩猩就這樣直接攻過來，我會被殺掉吧。根據薇兒所說，我身上好像有最強的烈核解放，但我怎麼可能相信那種說法。因為我可是我耶。沒有任何才華，可取之處只剩腦袋、知識和外貌，是劣等吸血鬼喔。那些部下們好像有看到我進入無敵狀態把米莉桑德打得落花流水，但那一定是集體幻覺。因為他們情緒高亢到令人懷疑是不是平常就有在嗑什麼危險藥物。

那我是怎麼打倒米莉桑德的？……嗯，應該是那樣吧。我對她丟出的魔法石慢慢發揮效果，她才死掉的。一定是那樣。

於是就像這樣，我硬是拿些理由來說服自己，就在這時——

「——呿！都沒機會讓我上場喔。」

我旁邊有個金髮男子——約翰．海爾達發出好大的咂舌聲。他還是那個血氣方剛，看起來像不良少年的傢伙。約翰看起來像是真的很懊惱，抬頭仰望藍天。

「啊——啊——難得遇到睽違已久的戰爭。在我體內熊熊燃燒的這把火該往哪放才好？乾脆把這一帶全都燒成火海好了。」

「——喂臭小鬼，你這傢伙為什麼能夠回到隊上？」

貝里烏斯一直雙手盤於胸前站著，他用不悅的目光瞪視約翰。這個狗頭男似乎已經完全康復了，昨天訓練時還大揮斧頭狂殺自己人。

約翰則是不屑地哼笑。

「我說貝里烏斯，有意見就去找大將軍閣下說啊。決定讓我回歸第七部隊的，可是坐在那裡的閣下喔？」

「——什麼！」

不只是貝里烏斯，就連在附近聽我們說話的卡歐斯戴勒都用驚訝的眼神俯瞰我們……不是啦，其實我也曾經煩惱過。但不管是誰都會犯一兩次錯誤嘛？而且約翰好像有在反省啦？我就想說原諒他應該也沒關係。而且這傢伙還跑來找我，對我說了一些話。

——是我不好啦，我不會再試圖殺妳了。不過——就是、噢對了，我會保護妳。雖然妳弱到跟廢渣一樣，但好像很有韌性。我會幫忙，讓妳假裝是適合當七紅天的強者。妳、妳可別搞錯！這才不是為了妳！是我要回第七部隊的交換條件。我會保護妳，所以說，要、要讓我、待在妳身邊！

不利用這傢伙說不過去。

他理解我的處境，還說要幫忙我喔，而且都明講說要「保護我」了呢？這麼好用的部下去哪裡找。

「閣下！您為何原諒約翰!?」

「這傢伙跟恐怖分子聯手，很危險。」

還有人跟著附和說「沒錯沒錯！」，就是剛剛還在為勝利喧騰的其他吸血鬼們。

「哼」的一聲，我踟踟地笑了一下，盡力裝出拿他們沒轍的樣子，嘴裡這麼說。

「你們會因為一次的失誤去譴責他人？」

「……可是閣下，約翰的失誤可大了。」

「只不過是被恐怖分子誆騙而已吧，你們對那些小細節太吹毛求疵了。」

「!?」

那幫吸血鬼都露出震撼的表情。

「心胸怎麼這麼寬廣。」「太大了……在說器量！」「不愧是黛拉可瑪莉閣下！」「那位大人跟我們看世界的角度很不一樣。」「我聽見了……破壞與殺戮的初啼……！」

這叫人怎麼聽下去？拜託你們別接著用尊敬的眼神看我。

「原來如此。約翰是被閣下那寬大的胸懷拯救了。」

「說得沒錯。不過大可放心，假如這傢伙又要做出危險的事情，我絕對不會放過他。有句話說『賞好臉色三次為限』，但我可不會給那麼多次好臉色！到時就由我來負起責任殺了他！」

唔喔喔喔喔喔喔喔喔喔喔喔喔喔喔喔喔喔喔喔喔喔喔喔——————！

這幫吸血鬼隨即發出嘶吼聲，怎麼看都不覺得眼下場面需要那樣鬼叫。

不過話又說回來，看來他們姑且是接受了，這下我也放心了。如此一來，我就得到一個能隨我使喚的保鏢。

是說這部分就先到這邊。

「——很好！我們已經在戰鬥中獲勝，要風風光光回姆爾納特啦！跟皇帝報告戰果後解散！大家好好休息！」

我想快點回家睡覺。

原本還打著這種算盤，不料——

「那可不行，閣下！我們要來為下次的戰爭擬定作戰計畫！」

「……啊？」

「卡歐斯戴勒說得對。在準備工作上，我們可不能懈怠！」

「沒錯沒錯！」「趕快回去為戰爭做準備！」「唔喔喔喔喔我聽見軍靴走動的腳步聲啦！」「熱血沸騰啊啊啊啊！」「好欸欸欸欸欸！」「我們上————！」「呼啊啊啊啊啊啊啊啊！」「唷喔喔喔喔喔喔喔喔喔喔！」「嗯嘛啊啊啊啊啊啊啊啊啊啊！」「呸啊啊啊啊啊啊啊啊啊啊啊！」

…………

…………

……這裡是動物園啊？

「可瑪莉大小姐，您可別以為能夠輕易要到休假。我們要奮鬥。」

「…………」

放眼環顧那些發出怪聲陷入狂熱狀態的部下，我好絕望。

這些傢伙的思考回路果然令人難以理解。跟不愛外出的我鐵定是水火不容，是徹頭徹尾的武鬥派。雖然每個人都算是好人，但是聚集起來實在不是我能夠應付的。如果對正在興頭上的這幫人潑冷水，他們恐怕會二話不說把我宰掉。

所以我──雖然很不願意、打心底不願意，就算天地翻轉還是很不願意，這樣的想法都沒有改變──本人卻依然高聲發表這段宣言。

「──那好吧！各位的熱情，我確實感受到了！我們這就立刻返回姆爾納特帝國，來研擬下一次的戰爭計畫吧！要讓各位盡情品嘗血流不止的死鬥帶來的榮華！能夠將六國的天地染紅的，除了我們黛拉可瑪莉・崗德森布萊德軍團，沒有其他人能辦到！」

現場揚起勢如破竹的盛大歡呼。

那些興奮的部下開始喊起耳熟能詳的可瑪莉隊呼。

屹立在這陣狂熱的正中心，我幾乎可以說是心死了，抬頭仰望天空。那裡有一片清澈的藍天。要用噴濺的鮮血將這麼美麗的天空染成血紅色，開什麼玩笑啊。

唉唉，我果然還是比較適合當家裡蹲吧……

如此這般，家裡蹲吸血姬的鬱悶日常將會持續下去。（完）

# 後記

大家好，我是小林湖底。

我的責任編輯大人下令要我寫後記，說寫幾頁都無所謂，但說真的我不太常寫這種東西，就來稍微聊一下自己的事情吧。

我會開始寫小說，其中一個契機是受到司馬遷的《史記》影響。但並不是從五帝本紀到太史公自序都看過，並沒有那麼隆重，單純只是在高中的古文學課堂上有稍微讀過項羽死掉的那段故事。第一次看的時候只覺得「屍體四分五裂好血腥」，但是為了準備期末考，重複看了好幾遍才發現一件事情——覺得這段故事好有戲劇性。並不是理智這麼告訴我，而是憑藉第六感逐漸感受到其中的「厲害之處」。眾所皆知，《史記》裡關於項羽的文章被人給予高度評價，是一段知名故事，就連當時還在就讀高中，沒辦法分辨漢語文學好壞的我都覺得不簡單，具備這樣的魄力。還記得當時我產生一個念頭，想說自己總有一天也要試著寫出這樣的故事或是文章。

有了以上的經歷再來執筆的人，會寫的不外乎是東洋風悲劇幻想故事或史詩對吧。上了大學以後初次認真寫的短篇小說，是將前漢張子房刺殺秦王這段有名軼事重新編排而成的中華奇譚。個人認為「應該有把古代中國的氛圍以及登場人物糾葛等要件巧妙鋪排出來了吧？」。自認有達到期望，但收到的感想卻是「登場角色好棒」「主角好可愛」，全都是這類的，除此之外大家應該也心裡有數了。

我因此得知自己擅長寫什麼樣的故事，於是就奮發圖強，打算來寫西洋風輕小說，風格上是徹頭徹尾的明亮開朗。本作《家裡蹲吸血姬的鬱悶》，只要主角夠可愛就行了！基於這樣的理念才寫出這部歡樂幻想故事。主角不想工作，周遭其他人則是一直在追捧主角，兩者之間的落差若能為大家帶來樂趣，那是我的榮幸。若還能附帶「可瑪莉好可愛」這樣的感想，那我會覺得超幸福。

雖然錯失先機，還是要借用一下這段篇幅來表達感謝之意。

給用美麗插圖將本作妝點得活靈活現的りいちゅ老師。還有將本作選為第十一屆GA文庫大賽「優秀賞」得獎作品的GA文庫編輯部成員。以及給我這個無頭蒼蠅諸多指導的責任編輯衫浦よてん大人。其他協助本書出版的相關人士。

再來就是選擇將本書拿在手中的各位讀者，要跟你們所有人致上深厚的謝意。

謝謝你們!!

我們下次再見（如果還有下次的話）。

小林湖底

國家圖書館出版品預行編目資料

家裡蹲吸血姬的鬱悶 / 小林湖底作 ; 楊佳慧翻譯 . -- 1 版 . -- 臺北市 : 城邦文化事業股份有限公司尖端出版 : 英屬蓋曼群島商家庭傳媒股份有限公司城邦分公司發行 , 2022.02-
冊 ; 公分
譯自 : ひきこまり吸血姫の悶々
ISBN 978-626-316-415-4( 第 1 冊 : 平裝 )

861.57　　110020494

浮文字

# 家裡蹲吸血姬的鬱悶

（原名：ひきこまり吸血姫の悶々）

著　者／小林湖底
繪　者／りいちゅ
譯　者／楊佳慧
執 行 長／陳君平
美術總監／沙雲佩
內文排版／謝青秀
榮譽發行人／黃鎮隆
美術編輯／方品舒
協　理／洪琇菁
文字校對／施亞蒨
執行編輯／石書豪
國際版權／黃令歡、高子甯、賴瑜妗

出　版／城邦文化事業股份有限公司　尖端出版
臺北市南港區昆陽街十六號八樓
電話：（〇二）二五〇〇－七六〇〇
傳真：（〇二）二五〇〇－二六八三
E-mail: 7novels@mail2.spp.com.tw

發　行／英屬蓋曼群島商家庭傳媒股份有限公司城邦分公司　尖端出版
臺北市南港區昆陽街十六號八樓
電話：（〇二）二五〇〇－七六〇〇（代表號）
傳真：（〇二）二五〇〇－一九七九

中彰投以北經銷／楨彥有限公司（含宜花東）
電話：（〇二）八九一九－三三六九
傳真：（〇二）八九一四－五五二四

雲嘉經銷／智豐圖書有限公司　嘉義公司
電話：（〇五）二三三－三八五二
傳真：（〇五）二三三－三八六三

南部經銷／智豐圖書有限公司　高雄公司
電話：（〇七）三七三－〇〇七九
傳真：（〇七）三七三－〇〇八七

香港經銷／一代匯集
香港九龍旺角塘尾道六十四號龍駒企業大廈十樓 B&D 室
電話：（八五二）二七八三－八一〇二
傳真：（八五二）二五八二－一五二九

新馬經銷／城邦（馬新）出版集團 Cite（M）Sdn. Bhd.
E-mail: cite@cite.com.my

法律顧問／王子文律師　元禾法律事務所
台北市羅斯福路三段三十七號十五樓

二〇二二年二月一版一刷